レイトの
ゆるーい
生生活
Reito no yuru-i
Tensei seikatsu
アケチカ
Illustration OX

「レイト、レイト……理解できてないと思うよ」

コクシンの言葉に我に返ると、
ラダが仰向いて白目を剥いていた。

なぜに？

レイト

コクシン
ラダ

CONTENTS

Reito no yuru-i
Tensei seikatsu

レイトの
ゆるーい
転生生活
Reito no yuru-i
Tensei seikatsu
アケチカ
Illustration OX

冒険者になろう

異世界転生といえば、チートやハーレム、もしくはスローライフだろうか。冒険者とか貴族とか、もふもふとか、ざまぁとか、まぁ主人公ともなるといろいろある。

現実、そんな甘いことにはならない。

俺が〝そうだ〟と気付いたのは、一歳を過ぎた頃。不意に「俺って変じゃね？」と思った。ココではないどこかの記憶があるし、なんなら教えてもらわずとも計算ができる。まぁできるということに違和感を覚えたわけだ。

もちろん、「これが異世界転生……」と、期待に震えた。前世のことは細かく覚えていないけど、それ系の読み物が好きだったようだ。もしそうなったらどういうスキルが欲しいか。どういう仲間が欲しいか。妄想した。いや、するよね？　異世界三種の神器とかさ。

でも現実。主人公属性じゃないっぽい俺。

まず、生まれが辺境の果ての町。村以上街未満的なとこ。家は農家で、上に兄が三人、姉が一人の末っ子。で、長男以外は奴隷扱いのクソ風習。俺なんて一人歩きできるようになったら、馬小屋住まいを言い渡された。虐待じゃね？　幼児を一日中働かせるとかさぁ……。

一応知識チートやろうとは頑張った。でもまともに話聞いてくれないし、俺の知識も拙い。いや、石鹸《せっけん》の作り方とか井戸のポンプとか知んない！　あれだけ読んだのにふわっとしか知んない！

　しかもこういうのって協力してくれる人がいてこそだよね。第一村人が異様に親切だったり、実は凄腕《すごうで》の親方がいたりとかさ。もう、勇者（予定）の幼馴染でもいい。親？　何を言おうととりあえずボコられますが、何か？

　ガンッ‼

　つらつらと境遇を嘆いていたら、背後で鈍い音がした。振り返ると、長男様のご登場である。

「まだそんなとこチンタラやってるのかよ！　さっさと外も片付けろよ‼」

　俺が今修理中の農機小屋の壁を殴りご立腹だ。いや、あんたが言い渡された仕事だよ。というか壊したのもあんただよ。と、言えるわけもなく。

「すぐやるよ」

　続けようと手元に視線を落としたら、背中を蹴られた。ずしゃっとトンカチを持ったままついた手が痛い。でも我慢我慢。

「……ふんっ！　今日中にやれよ！　できなかったら飯抜きだかんなっ！」

　偉そうに吐き捨て、踵《きびす》を返すご長男様。なんということでしょう、あれで十三歳なのです。どこそのチンピラかという言動しかしないけど、両親の前では猫を被っているので、優秀と思われている。そのお兄様の仕事、ほとんど俺がこなしてるんですけどね。

　彼は外面がいい。仕事を俺に丸投げし、女の子達と遊んでいる。親は「教会行ってくる」と言われれば疑わない。顔だけはイケメンに入るだろうが、中身はクズだ。これが後を継ぐとか、破滅する予感しかない。

まぁ俺はもうすぐ家を出るけどな‼

この世界は、いわゆる剣と魔法のファンタジー世界だ。そしてステータスもスキルもある。魔物もいる。魔王は聞いたことはないが、ダンジョンはある。

このステータスとスキルを授かるのが七歳だ。これをもって成人とみなされる。ギルドとかに登録できるし、一人で旅もできる。前世の感覚からすると早すぎるが、この世界は早熟っぽい。まるで草食動物のように、すぐに立ってすぐに一人前になる。死亡率も高いが。

とりあえず、俺はもうすぐ七歳になる。七歳になったその時に、ステータスとスキルの使い方を唐突に知るのだそうだ。授かったものが何であろうと、俺はこの町を出るつもりだ。その準備もバッチリしてある。冒険者になるつもりだが、一人になれるならなんでもいい。


ようやくその時を迎えた。夜中、たぶん日付が替わったその瞬間、ステータスウィンドウが目の前に見えた。ちなみにドキドキして起きてた。

名前：レイト
年齢：7
スキル：魔力操作・弓術
魔法：土魔法・生活魔法

……すごいシンプル。一応ゲームっぽいウィンドウだけど、内容うっすい。まぁ土魔法が使えるということは分かった。けどもうちょっとこう、何かなかったのだろうか。改めて主人公属性じゃなかったことに打ちのめされる七歳の夜……。


朝だ。新しい朝というほどでもないが、門出の朝だ。気合を入れよう。とりあえず話を聞いてもらわなければならん。気合だ。

戦々恐々としながら玄関のドアを叩《たた》く。

「はい。……なんだい、飯はまだだよ！」

これ、母親である。俺の顔を見るなり、虫を見るような目で見下ろしてきた。俺が何をしたっていうんだろう。まぁお陰でここになんの未練もないわけだが。

「朝早くごめんなさい。七歳になったので、少しだけ話したいです」

「話？　話も何も……」

明らかに面倒くさそうな顔をするな！

「このままここにいても足を引っ張るだけだし……」

情けない声で言ってみると、母親はフンと鼻を鳴らした。ドアから横にずれ、アゴで入れと促す。ホントにもう、子が子なら親も親だな。

部屋の中では朝食の準備中だった。俺の皿には載ったことのない果物の姿がある。肉もある。

塊だ。美味《おい》しそうには見えないけど。

食卓から目を逸《そ》らし、父と母を見る。

「なんだ、こんな時間に」

父親は不機嫌を隠そうともしない。その向こうには、起きてきたばかりらしい長男の姿がある。ちらっと彼を見てから、深く頭を下げた。

「七歳になりました。この家を出て冒険者にでもなろうと思います」

「はっ？　何言ってるんだ、お前」

親の前だから長男の言葉遣いが少しおとなしい。俺はそれをあえて無視する。

「家の仕事に使えそうなスキルはありませんでした。このままではますますお兄様の足を引っ張ってしまいます。優秀と評判のお兄様の名を汚すわけにはいきません。僕がいなくったって誰も困りません。でもいると困ることも出てくるでしょう」

「い、いや、ちょっ……」

「草を焼いてしまったり、小屋を壊してしまったり、馬に怪我《けが》をさせちゃったり……」

まぁ全部長男がやり、俺のせいにされたできごとだが。

「有望なお兄様のために、僕はいないほうがいいんです」

ちらりと両親の様子を窺《うかが》う。母親はどうでも良さそう。父親はアゴに手をやり、フムと頷《うなず》く。

それに慌てたのはご長男様だが、ここで間髪入れずに、〝さす兄〟とまくし立てる。だんだん鼻が上向いて伸び始めた。

「まぁまぁ流石《さすが》は私達の息子ね！」

母親は上機嫌だ。大好きなママンに褒められて、ヤツの顔もとろける。腰に手を当ててふんぞり返り、

「俺に任せておけって。確かにこんなヤツ、いてもいなくても同じだよな！　なんたって俺様ってば天才だしな！」

あっはっはっはー！　いや、笑ってるけどお前ろくに足し算もできねぇよな。俺に全部任せてたくせに。まぁいい。最後にもう一押し。やつの女性関係をぶちまけておく。

「お兄様ってすごく女の子に人気なんですよね」

ぴたりと長男の動きが止まった。

「ミリアさんと親しくされてて、教会裏でイチャ……手をつないでおられたりまだまだあるよ。

「カリンさんとミロさんにプレゼントを差し上げたり、他にも一緒にいたいと複数の方に言い寄られているとかなんとか。流石お兄様です！」

まぁぶっちゃけ手当たり次第、女の子に手を出している。気前よくおごるからモテているだけなのだが。家ではいい子ちゃんしてるから、親もそれほど知らないはずだ。

母親が笑顔のままヤツに詰め寄る。

「ミリアちゃんって、町長の娘さんじゃないの！　おまけにカリンちゃんに、ミロちゃんもだって！？　あぁどこに話を持っていけばっ」

「いや、母さん待っ……」

「お嫁さんにっ！　あ、でも流石に町長さんのところはまずいかしら？　大丈夫よね？　うちの子優秀だし！」

「母さん！」

　わちゃわちゃやり始めたので、父親の方に頭を下げ、さっさとその場を離れる。これであの兄はしばらく家から出られない。追ってこられると面倒だからな。

　外に出ると、窓から顔半分だけ覗《のぞ》かせている兄その三がいた。恨みがましい目で見ている。俺がいなくなると彼が一番下っ端になるからだろう。知ったこっちゃない。嫌なら家から出ればいいのだ。

　ちなみに俺以外は一応家住みだ。たまたま俺の分の部屋がないということで馬小屋になったが、それ以外は彼も似たりよったりな扱いを受けている。

　馬小屋に戻り、寝藁《ねわら》の中から鞄《かばん》と小さな瓶数本を取り出す。森から穫ってきた蔦《つた》で作った、リュックタイプの鞄だ。なんとなくランドセルっぽいできになった。瓶は自作の回復薬。それを鞄に詰め背負う。あと、解体用のナイフと自作の弓矢一式。準備完了。

「ちゃんとご飯もらうんだよ」

　数年の同居人であった馬達の顔をなで、家、もとい馬小屋を出る。

　さて、町を出る前に寄るところがひとつ。

町外れにぽつんとある薬屋。まだ朝の早い時間なので、誰にも会わずにたどり着けた。

「ばぁちゃーん！　おはようー！」

ノックもなしにドアを開けて入る。光を嫌う薬草が置いてあるので、店内は暗い。独特の匂いがする小さな店内も、これで見納めだ。

奥の部屋から灯りが漏れた。

「行くのかい」

出てきた老婆が、開口一番にそう言った。かぎ鼻で三白眼で、少し腰が曲がっている。俺の第一印象が「魔女だ！」だった。なんならブツブツ言いながら怪しい色の液体をかき混ぜたりしてるので、印象通りだったが。

「うん、行くよ」

俺は彼女にだけは事前に町を出ることを告げていた。というか、町を出る術《すべ》を相談していた。知って損はないと、雑用をする代わりに簡単な薬の作り方を教えてくれた。この町の外のことも、いろいろ教わった。

ちなみにもう一人、俺と普通に接してくれていた人がいる。教会の司祭だ。もっとも彼は誰とも平等な接し方をしていただけだが。

「餞別《せんべつ》だ。やるよ」

ばあちゃんが持っていた杖《つえ》で、カウンターの上のものを小突く。

小さな瓶が数本。それと折り畳まれた布。銀貨が入った革袋が一つ。

「いいの？」

俺がお金を持っていないことは知っているはずだ。ばぁちゃんは、片眉を器用に持ち上げた。

「いらないならその辺に捨てときな」

「いるよ！　もらうよ。ありがとう」

ばぁちゃんは口が悪い。ときどき来る客と口喧嘩《くちげんか》をしてることもある。なんか昔、王都でいろいろ人間関係で問題があったらしい。口癖は「出て行きな！」だ。

小瓶は中級の回復薬と、状態異常回復薬、魔力回復薬だった。どれももちろん俺では作れないもので、値段もそれなりにするはずだ。でもここでためらうと怒られるから、ありがたく鞄に詰め込んどく。

「で、これは……。えっ、マント⁉」

折り畳まれた布を広げると、フード付きのマントだった。たぶん防水加工されてるんだろう、表はすべすべしている。裏は暖かそうに毛羽立っていて、ポケットまで付いていた。

ばぁちゃんを見ると、着てみろと言われる。

いそいそと羽織ると、とても着心地が良かった。羽織って前で止めるだけの簡単なものなので、動きの邪魔にもならない。試しに弓を構えてみたが、問題なさそうだ。

ただ……。つっと視線が下がる。

「まぁ、そのうち丁度になるだろ」

ばぁちゃんに笑われた。

マントの裾が、ギリギリ床につかない。フードを被ると、まるっきりてるてる坊主だ。いや、この世界にそんなものはないけどさ。裾が長いよ！　じゃなくて、俺の身長が足りてないよ！どうせチビだよ、こんちくしょーめ。

むっとする俺をひとしきり笑い、ばぁちゃんはしっしっと猫の子を追い払うかのように手を振った。

「さぁもう行きな。湿っぽいのは嫌いだよ」

「うん」

俺も笑って旅立ちたい。

鞄を背負い、弓を肩に掛け、居住まいを正す。しっかりばぁちゃんの顔を見て。

「行ってきます！」

ばぁちゃんはただ口の端を上げただけだった。それだけで嬉《うれ》しかった。

薬関係では、ついぞ知識チートは顔を出さなかった。そもそも初歩のもの以外は、スキルが必要になる。俺が考えつくものは、大抵もう作られていた。ばぁちゃんは稼ぐ気がなかったし、教えてくれはするものの、俺がする話は話半分だった。というかまぁ、大体ポーションで片が付く。風邪《かぜ》に切り傷、虫歯も治る。ポーションチート。所詮、医学の「い」の字も知らない雑魚《ざこ》ではチートにならないのだった。

薬屋を勢いのまま駆け出し、町の入り口をさっさと抜ける。一応門番はいるが、住人に毛が生えたようなものだ。持っている槍《やり》にもたれかかって、うつらうつらしていた。

そのまま走り続ける。この辺りは、時々狩りに出るときに通っているから問題ない。森に続く脇道。これから先は初めての場所になる。

ただ踏み固めているだけの街道。その両側は、森から荒野へと変わっていった。聞いた話では、それほど強い魔物はいないという。が、油断は禁物だ。警戒しつつ、マラソンを続けた。

町から近くの街まで、馬車で一日半ほどらしい。

というわけで、野営ですよ。日が暮れてきたので、走るのをやめて路傍に座り込む。無防備極まりないが、この辺には野盗がいない。襲う相手がいないからね。あと魔物は、とりあえず焚《た》き火《び》でなんとかなる。だろう。

途中で獲った鳥を捌《さば》き、晩ご飯。というか、今日初のご飯だな。一日一食とか、わりと平気。つーか、だから小さいんじゃないのか俺。いやでも、同じ食事事情の次男以降もそれなりに身長あったような……。いかん。泣きそうだ。

すっぽり包まれる大きめマントは、寝るときに重宝しそうだ。焚き火に太めの枯れ木を足し、コロンと横になる。おやすみなさい。明日からは一日三食食べたいです。

第一冒険者（？）発見！

いきなり前言撤回。朝ご飯、食べられなかった。まぁ用意してないもの。ないよね。消えて冷えてる焚き火跡を見ながら、反省。街に着いたら、干し肉と堅パンを買おう。あと塩。家からは何も持ってこれなかったからなぁ。

食べられそうなものを探しつつ、街道をひた走る。周りは代わり映えのない荒野から、徐々にまた木々の姿が増えてきた。途中で果物を発見。

「……すっぱ」

見たことあるやつだからかじってみたけど、結構酸っぱい。でも食べられないほどでもない。野生のリンゴ、かな。小さいながらも水分があって、腹にも溜《た》まりそう。

鞄に数個詰め込み、また走る。

『鑑定』のスキルが欲しい。最低食べ物限定でもいい。毒があるかないか分かるだけでも、冒険の安全度は段違いだろう。もちろん、『インベントリ』も欲しい。大物をでろっと出して、「こんなん獲ってきましたけどなにか？」とかしたい。『転移』もいいよね。楽したい。

とはいえ、夢のまた夢のような話だ。スキルは努力で増やすことができるそうだ。だが先の三つは、教会の司祭も、薬師のばぁちゃんも知らなかった。教会所蔵の本にも載ってなかった。

ただし、魔法鞄はあるらしい。ダンジョン産で、めっちゃ高いらしいけど。

「ん……？」

視界に人工物が見えてきた。馬車だ。道の端の方に寄って、止まっている。商人が使うにしては立派な、箱馬車だった。

警戒して足を止めると、馬車の陰から二人、出てきた。冒険者だろうか、腰に剣をさしている。装備は軽装だが、少なくとも下っ端風ではない。

しばらく無言で見合う。あ。そういえば俺、今てるてる坊主だった。そりゃ怪しいわ。

驚かさないようにゆっくりと、フードを取る。ふっと二人の肩から力が抜けたのが分かった。

「びっくりした。坊主はこの辺の村の子か？」

背が高い方の男が明るい調子で尋ねてくる。ちょっと顔が長いが、まぁイケメンだろう。もう一人は顎髭《あごひげ》がむさく見える。

「この辺というか、この先の町から来たけど」

「どれくらいかかる？」

「？　馬車で一日くらい？」

質問の意図が分からず首を傾《かし》げる。

「村とかないか？」

「ないよ。この先には町が一つあるだけ。その先は道もない。森に入る脇道しかないよ」

俺の言葉に、二人は顔を見合わせて困ったように首を横に振った。なんだろう。馬車壊れたのかな？　見た感じなんともなさそうだけど。

『ぅぅ〜』

不意に唸《うな》り声が聞こえた。ビクッとする俺とは裏腹に、二人はため息をついた。

「大丈夫だ。もう一人いてな。馬車に酔って吐いてるだけだ」

顎髭のほうがそう説明してくれる。なるほど。それで停車中なのか。

「回復薬は？」

あれって乗り物酔いにも効くんだっけ？

「もうない」

「……よくここまで来たね」

「まったくだ」

二人して肩をすくめる。

聞くと、彼らは雇われの護衛らしい。で、へばっている雇い主は、考古学とか神秘とか不思議とか、そういうのが好きな人らしい。俺は知らなかったけど、出てきた町のさらに向こうに大きな滝があるのだとか。それを書物で見つけ、勇んで観に行こうとした。いつも使っていた馬車が調整中だったので、街でレンタルしてきた。ら、乗り心地が悪すぎて酔った。しかも、テンション上がってて途中までは平気だったもんだから、町と街の間でにっちもさっちも行かなくなった。ということのようだ。

「馬に乗るのは？」

一応聞いてみるが、案の定首を横に振った。っていうか、貴族じゃね？　乗り心地のいい馬車で、この旅行という概念のない世界でウロウロしてる人なんて。それにしては護衛二人とか、少ないけど。

「歩いて……も、無理なんだよね。うーん」

少し考え、周囲に目をやる。このへんの植生ならあるだろうか。二人に断って林の中に入る。

採取はばぁちゃんの手伝いがてらよくやっていたので、大体の目利きはできた。

「何をしてるんだ？」

ゴリゴリ石の上で草をすりつぶし始める俺に、不思議そうな、しかし青白い顔で男が声を掛けてきた。

第三の男。貴族疑惑（俺基準）の馬車酔いさんだ。

言っちゃ難だが普通だった。ヒラヒラの服は着てなかった。文学青年、いや、文学オヤジ……？　メガネを掛けた男だ。なにげにこの世界で初めてメガネを見た。

「薬です」

「へぇ。君は薬師の卵なのかい？」

「冒険者の卵です。ばぁちゃんに習ったので簡単なのは作れるんです。で、これを濾《こ》してっと」

コップを借りて、すり終わった薬草を手で絞り、絞った液体を水で割る。青汁もどきが出来上がった。本来ならこれに魔力を通して丸薬にするのだが、このまま飲んでも効能はちゃんとある。ただ苦いだけで。

「はい」と、作り笑いで渡す俺とコップを二度見する男。慌てて護衛が待てをかけてくる。そりゃ怪しいものは飲ませられないよね。

手の平に垂らして、舐めてみせる。うん、苦い。

「なんの薬だ、それ」

「……酔いがマシになる薬」

「いや、その間は何だ」

「まぁ別に無理には勧めないよ。俺には関係ないし。じゃあどうにか頑張って戻ってね！」

俺が通ったのはたまたまだし、ちょっとずつでも戻れるだろう。歩けばいいんだよ、歩けば。じゃ！　と手を上げて走り出そうとしたところで、がっと捕まった。

「本当に毒とかじゃないんだね？」

メガネさん、顔近いです。あ、なんかいい匂いする。ヒョロそうに見えて、存外力が強い。

「違うよ」

「よし。飲むよ！」

「えっ？　ニルバ様⁉」

イケメンさんが手を伸ばす前に、メガネさん、もといニルバ様は俺の手から奪い取ったコップをぐいっと呷《あお》った。顎髭が悲鳴をあげる。ごきゅっとニルバ様の喉が鳴った。

「に、ニルバ様！　大丈夫ですかっ⁉」

「うん。すっごい苦いけど。……ん？　……ぉ？」

大丈夫大丈夫と頷いていたニルバ様の首が傾き、そのままふわぁっと横に倒れた。慌ててイケ

メンさんが支える。くわっと恐ろしい顔をこちらに向け、

「貴様！　何を飲ませたっ⁉」

「大丈夫ですから、はい、早く馬車に運んで！　早く馬車出して！」

「はっ？　貴様なにを……」

怒りの矛先をそらされ、目を白黒させながら腕の中のニルバ様と俺を見やる。

「数時間で目を覚ましますよ。ただの眠り薬です」

「眠り薬って、おまえ……」

呆《あき》れたようにため息をつかれた。いや、そりゃ怒るよねー。でも説明面倒だったんだもん。素直に飲んでくれなそうだしー。

一応ニルバ様の状態を確認し、ただ寝ているだけと判断した二人は、さっさと撤収準備を始めた。お前もだと、俺も馬車に詰め込まれる。御者は顎髭さんで、イケメンさんと俺が並んで座り、ニルバ様が向かいの座席で横になっていた。なんかにへらっと笑って寝ている……。

「おい。本当に大丈夫なんだろうな？」

イケメンさん、ようやく名前を知れた。グリングさんだって。顎髭さんはグライト。まさかのぐりぐらだった。

「変なものは入れてないんだけどなぁ。気持ちよく寝てるだけだと思うよ」

それにしても、これはたしかに乗り心地が悪いわ。道が悪いせいもあるけど、ケツに大ダメージだ。踏ん張ってないと飛ばされそうだよ。貴族様の馬車はもっとサスが効いてるんだろうか。

サスペンションとか、言葉でしか知らないし、馬車魔改造は無理だなぁ。

「レイトといったか」

「え、あハイ」

考え事していたら、隣のグリングさんに睨《にら》まれてた。

「今回は我々にもいろいろ思うところがあったから不問にするが、お前、これ下手をすると打ち首もんだぞ？」

「ふぇっ？」

変な声出た。いやいや、人助けだよ。毒じゃないよ。

「騙《だま》して飲ます意味が分かんねぇ」

「素直に眠り薬ですって言ったら飲んでくれないでしょう？」

ばぁちゃんに聞いたことがある。この世界はポーションで片が付くので、細かい病状に効く薬はあまり知られていない。でも薬師的にはちゃんとあるのだそうだ。売れないから作らないだけで。

そんなわけで眠り薬ですとか、頭痛薬ですとかいっても、信じてもらえないのだ。まぁ馬車酔いに効くとか結局曖昧なこと言っちゃったけど。

「それにしたって、やりようがあるだろうが」

「結果オーライってことで許して」

後で目を覚ましたニルバ様に謝ることを約束させられた。うん。反省だ。

ついでに回復薬でも知らせずに飲ませたりするのは、アウトかどうか聞いてみた。できれば意思を確認したほうがいいらしい。野盗に毒薬投げるのは、正当防衛ならいいんじゃないかとのこと。

「恐ろしいこと考えるな、お前」

グリングさんに白い目で見られた。なんでだ。魔物にも毒を吐くやつがいる。人間が使って何が悪い。ていうか、魔法にだって毒付与とかあるんじゃないのか？

「魔法にか？」

うーん？　とグリングさんは考え込んでしまった。まじか。ないのか？　せっかく魔法がある世界なのに？

グリングさんが言うには、魔法もスキルも自己流が主らしい。俺もそうだったけど、授かった瞬間なんとなく使い方が分かった。ばぁちゃんも、なんとなくレシピが頭に浮かぶと言っていた。そんで言いふらしたりもしないものらしい。なので他人が何をどう使っているのか、知らないのだとか。もったいないというか、いや、個人情報だからこれが当たり前なのか？　何が使えるのか分かるってことは、弱点も分かるってことだしな。

とりあえず、人間以外には使って良さそうだ。野盗に人権はありません。奴隷行きだし。

そう、この世界、奴隷という身分があるんだよな。俺も気をつけよう。さっきちょっとヤバかったし。忘れてた。反省反省。

そんなこんなでゴトゴト揺られ、俺のケツが死にそうになってきたところでようやく街に着いた。

辺境の街、リドフィン。人口三千人ほどの街で、特産物は特になし。大都市を繋《つな》ぐハブ都市として機能している。石造りの大きな外壁と、門が出迎えてくれた。

入るには入街税がいる。が、優しいぐりぐらコンビが払ってくれたよ。やったね！　実はばぁちゃんに少しだけお金もらったんだけど、できるだけ温存しときたいし。

このまま解散！　とはならずに、ニルバ様が起きるまで待機。その間に宿の場所と相場を聞いておいた。ほどなくニルバ様の目が覚めた。

「ふぁ～～。よく寝たぁ」

何事もなく、というかとても気持ちよさそうに目覚めてくれた。

「ん？　あれ、リドフィン？　いつの間に？」

頭上にハテナを浮かべるニルバ様に、とりあえずごめんなさいする。キョトンとした顔をしたあと、カラカラと笑ってくれた。良かった。打首は免れそうだ。

「ニルバ様、笑い事じゃないです。気軽に口にしないでくださいよ」

グライトさんが苦言を呈す。

「悪かった。いや、今回ばかりは君達に申し訳ないと思ってたんだよ。ここまで自分がポンコツだとは思わなくて。酔うっていうのは、辛《つら》いもんなんだねぇ。あれで良くなるならと飲んだわけだよ」

ニルバ様は頬をポリポリ掻《か》きながら苦笑い。自分でもどうにかならんものかと思っていたところに、俺が現れたのだとか。

「終わり良ければすべて良しってことで」

お前が言うなってツッコまれた……。

次行ってみよう！

　おはようございます。天気は快晴なのに、俺のテンションはだだ下がりです。

　昨日、ニルバ様達と別れたあと、買い物をしてから宿に泊まった。なんと宿代がニルバ様持ち。やった～！　と泊まったけど、夕食の味が微妙だった。一階が酒場スタイルで、深夜遅くまでめっちゃうるさかった。せっかくの個室だったのに、壁が薄くて隣室のイチャコラを一晩中聞く羽目になった。朝食が冷えてた。

　遠慮して安めの宿にするんじゃなかった。どうせ奢《おご》りなら、高いとこにすればよかったよ。

　まぁこれを教訓にして、今後の宿選びの糧としよう。

　ちなみに、快眠が気に入ったのかニルバ様が眠り薬をご所望するひと幕があった。流石に断った。だって後ろの二人の目が怖かったし。薬屋で買ってってお願いした。


　そんなこんなの早朝。俺は入ってきた東門とは反対の、西門に来ていた。ここから次の街への馬車が出ている。宿代が浮いたので、次の街で冒険者登録することにしたのだ。何かの拍子に家族とばったり会うとか、嫌だしね。

　数台の馬車が止まっている。はてさて、どれに乗ればいいのかな？

「おう。坊主。どこ行きだ？」

キョロキョロしてたら、おっさんに声をかけられた。がっしりした体躯の、なんというか、魚屋のオッチャンっぽい。声もいい感じに枯れてる。

「とりあえず、冒険者登録したいんだ。次の街で」

「ふーん。じゃあ、これか、あっちのノルト行きだな。これはニッツ行きだ」

「ノルト……」

ノルトは聞いたことがあるな。大都市のはずだ。確かダンジョンもあるとか……。でもおっさんが勧めたのは、ニッツという街だ。

首を傾げた俺に、おっさんはにっと歯を見せた。

「なんでかって？　お前さん旅は初めてだろう？　身なりが新しいからな。ニッツは二泊三日、ノルトは七泊八日だ。慣れてないと辛いぞ」

「あー、なるほど」

俺が旅慣れてないと見て、短い方を選んでくれたのか。たしかに、昨日の数時間でもしんどかったからなぁ。

「ちなみに、他の馬車の行き先も聞いていいですか？」

馬車はあと二台止まっている。

「一つは、コーダ行き。鉱山だよ。もう一つは、ほれ、引いてる馬が違うだろう？　あれもノルト行きだが、四日ほどで行ける、高速馬車だ。エラい掛かるけどな！」

おっちゃんが親指と人差指で丸を作る。この世界でも、これで金という意味になる。つまり、料金がバカ高いというわけだな。

見るとたしかに、馬車に繋がれている馬が違う。というか、あれ馬なのか？　どこかの覇王が跨《また》がってそうな、黒くてがっしりした黒い馬だ。角も生えてる。

「あれは魔馬なんだよ。御者はテイマーだ」

「おぉ‼」

テイマー来た！　あるのかぁ。いいな、ロマンだよなぁ、最強もふもふ軍団。でも俺にはまだ早いな。乗るついでに話とか聞きたいけど、今の所持金では無理そうだ。いつか稼いだら、乗ってみよう。

「ありがとうございます。じゃあ、ニッツ行きでお願いします」

「あいよ。乗って待ってな。集まったら出発するからな」

代金を払い、荷台に乗り込む。いわゆる幌《ほろ》馬車だ。左右に座席が付いていて、荷物を置いておけるスペースがある。出発時間は人がそれなりに乗ったら、だ。

◆◆◆

半時ほど待って、出発となった。

乗客は、一組の夫婦、一人の冒険者、二人の商人、俺だ。あと護衛の冒険者パーティーが三人。彼らは別に馬に乗っている。冒険者をやるには、馬に乗れないといけないのかもしれない。

護衛の馬に挟まれて、馬車はゴトゴトと軽快に進んでいく。乗り心地は良くはないが、せめてとばかりクッションが置いてあったのでまぁ耐えられる。

耐えられないものが別にあるから、全然これは平気。

「なんだ。そんなことも知らないのか？　王都ではこんなの当たり前だぞ！」

旅が始まってから、ずっと「王都では」を繰り返し、俺ってすげームーブを続けるこの男。商人の片割れで、見た感じ俺の少し上くらいに見える。もう一人は四十代くらいの、こちらはやけに低姿勢のオジサン。クソガキが鼻高々に自慢話をするたびに、隣で縮こまっている。

「王都では大きな店を構えてるんだよ」

いや、お前の店じゃないだろう。

「まぁこんな田舎からじゃあそうそう行くこともないか」

その田舎でゴトゴト馬車に揺られてんのは誰だ。

「ふふ。俺は『商売』のスキルを授かってるんだ。将来はここいらにも店を作ってあげるよ」

スキル舐めんなよ。あれば誰でも大成するなら世話ないわ。スキルはどう使うかであって、対人舐めてるこのクソガキが店を興せるもんかい。

イライラが溜まっているのは、俺だけではないようだ。はじめはそれなりに愛想よく対応していた他の乗客も、寝たフリとか張り付いた笑顔でスルーしている。

「おい、聞いてるのか。この俺様がありがたく旅のなんたるかを教授してやってんだぞ！」

頼んでねーし、絡んでくるんじゃないよ。

一番年下で丸め込みやすいと思ったのか、やたらと俺に絡んでくる。あいにくお前みたいなのには耐性があるんだ。どこぞのご長男様とかさ。

「そんなにスゴイならー、自前の馬車で旅をなさったらよろしいのにー。っていうかー、旅なんてしなくてもいいんじゃーー？　なにかワケアリですかー？　あ、大商人様に失礼ですよねー。もちろん、いつもは自前の豪華な馬車で移動なされてますよねー。大変ですねー」

まぁ腹立つので口は出しますけど。

クソガキはムググと口ごもったあと、「あ、当たり前だろ」と胸を張った。もちろんそんなことはないはずだ。靴もマントも薄汚れているし、手や顔には日焼けのあとがある。ついでに言えば、持ち物も凄そうには見えんし。商人を騙《かた》っている……というふうにも見えないけど。

ちらりと片割れのオジサンのほうを見ると、首をすぼめるだけだ。

しばらく口を噤《つぐ》んでいたクソガキは、さっきのことがなかったかのように次のネタを見つけてイキり始めた。

これ三日間ずっと続くのかな……。

野営地に到着した。街道の脇に広いスペースがあって、皆ここを使うようだ。焚き火の跡があったり、座るのにちょうどいい丸太が転がっていたりする。

御者のおっさんは俺達を降ろすと、一も二もなく馬達の世話を始めた。馬が財産だからね。時々あった休憩時も、甲斐甲斐《かいがい》しく世話をしてあげていた。俺もちょっとばかり手伝う。

馬用の桶《おけ》にダバダバと水を出す。これは水魔法じゃなくて、生活魔法だ。この世界の魔法で出した水は、普通に飲むことができる。なので水を大量に持ち歩かなくてもいいのが便利だ。

「こんなに何度も大丈夫かい？」

御者のおっさん、スクローさんが心配そうに手元を覗いてくる。

「これぐらいなら平気」

実は普通の生活魔法の水は、コップ一杯ほどの水が出るだけだ。沢山いるときは、連続して使う。その度に魔力を消費するので、魔法使いでない限り数回で尽きるのだとか。

魔力操作の訓練は自我が芽生えた頃からいろいろやってたから、たぶん俺は人より魔力が多いのだと思う。ラノベとかでよくある、腹の中で魔力を回すとか、寝る前に使い切ってしまうとかしていたから、魔力が増えているはずだ。数値で見れないのが残念。

休憩のたびに水をあげていた俺を覚えてくれたのか、馬達が俺にスリスリしてくれる。ささくれだった心を癒《い》やしてくれる、ええ子らや。

その間に乗客達は、それぞれの場所で夕食の準備を始めていた。基本、食事は各自で用意する。スクローさんによれば、食事付きの馬車もあるにはあるらしいけど。

俺も空いた場所を探し、ふと改めて周りを見た。誰も火を熾《おこ》していない。鞄から携帯食と水筒を取り出しているのみだ。焚き火はしないのか？　でも跡はあるよな……。

「あの、火を熾していいですか？」

「は？　誰が面倒見るっていうんだ‼」

俺が聞いたのはスクローさんなのに、クソガキが答えた。面倒ってどういう意味だ？

苦笑しながら代わりに護衛の冒険者パーティーのリーダーらしき人が答えてくれた。

「冬の間はともかく、今の時期はいちいち熾さないよ。それでも火が欲しいなら、自分で用意して自分でちゃんと消火すること。面倒を見るってのはそういうことだよ」

なるほど。

「分かりました。ありがとうございます」

ペコリと頭を下げると、彼は人の良さそうな笑みを見せた。そればかりか、ポンポンと頭を撫《な》でてくれた。いや、なにげにこの世界に来て初めてじゃないかなぁ。テレテレモジモジしたら声に出して笑われた。

その向こうでクソガキがじっと見ている。何だこのやろう。

と、ヤツに絡むのは精神衛生上良くないので、スクローさん達に断って周囲の林に入る。もちろん心配はされたし、クソガキには吠《ほ》えられたが、俺は温かい肉が食いたいのである。ちゃんと乾パンや干し肉は買ってあるけどね。夜ぐらいはちゃんとしたもの食べたい。

まずは何往復かして、枯れ木を積み上げる。火が付きやすいように組むのは後だ。

そんでもって肉。枯れ木を集めながら気配を探る。『気配察知』なんて便利なスキルはないけど、歩く音とかである程度は分かる。今日はウサギだな。

見えたのは茶色のウサギだ。前世のウサギよりだいぶ大きい。角とかは生えてなくて、これは動物の分類に入る。止まって鼻をひくひくさせているウサギを見据えながら、矢を番《つが》えた。

シッ！

空気を割く音の直後に、ぎゅっ！　とくぐもった声が響いた。慌てず次の矢を構える。が、ウサギはその場にパタリと倒れたまま動かなかった。ふうと息を吐いて、矢を仕舞う。ウサギのもとまで行くと、目の上辺りにヒットしていた。うむうむ。だいたい狙い通り。

その場で血抜きをし、ついでに内臓も抜いておく。穴を掘って、そこに埋めておけば大丈夫。何気に穴を掘るのに土魔法を使ってみた。落とし穴とかも作れそうだな。

「おっ！　大物だな」

周囲を警戒していた冒険者パーティーが俺を出迎えてくれた。心配してくれていたのか、それともほんとに獲ってくるとは思わなかったのか。

手早く枯れ木を組んでいく。枯れ葉を詰め込み、着火。パチパチと燃え上がり、白い煙が立ち上る。それを見ながら、ウサギを捌いていく。このへんは町でもやっていたから慣れている。いや、流石に山の中でだけど。

串も自前で作る。いい感じに火が回ってきたところで、ぶつ切りにした肉に塩を振って串にぶっ刺す。それを遠火になるように焚き火の周りに並べた。

いい感じだ。

ふと気づくと、視線が全部こっちに向いていた。怖っ。え、何？　まだ焼けた匂いもしてないよ！

なんですかね。肉ですか？　それとも俺の行動が変なんですかね。見てないでなんとか言ってくれませんかね。

無言の攻防。

最初に切り出したのは、スクローさんだった。

「パンと一本交換してくれないかい?」

それを皮切りに、俺も私もと皆が手を挙げる。なぜに人気。みんなも温かいの食べたかったの?

「いや、普通に欲しい人には差し上げますけど」

「しかし、それではな……。君の成果だし」

ちゃっかり手を上げていたリーダーが渋る。成果って、そんな大したもんでもないんだけど。

じゅーっと肉が音を立て始めた。まんべんなく焼けるように、くるりと回していく。ウサギのくせに脂が乗ってる。胡椒《こしょう》があったらなぁ、異世界あるある的にこの世界では高いんだよ、胡椒。

ゴクリと誰かが生唾を飲んだ。

「あの、こうやって旅先で肉を焼くのって、珍しいんですか?」

「いや、そんなことはないよ。俺達は元々誰も料理しないから、外では干し肉だけど。簡単なスープぐらいなら作るやつもいる」

リーダーの言葉に、乗客の冒険者がウンウンと頷く。

「獲った肉を焼くやつもいるけどさ、君のはなんていうか、違うんだよね」

「?　普通に焼いてるだけですけど」

えー、どこに引っかかってんの？

「そう。まず肉の色が違うよね」

スクローさんの言葉に「あー」となんとなく思い当たる。この世界、俺が知る限りは血抜きが甘いんだよな。昨日の宿屋で出た肉も、野性味溢《あふ》れてたし。狩りに付いてきてくれたばぁちゃんも、その場で血抜きを始めた俺に「何やってんだい」って怒ってたっけ。

あー、醤油《しょうゆ》が欲しい。米が欲しい。

脂が滴り始めた串肉に、俺の腹が鳴る。コップに水を入れて、スタンバイオーケー。あ、お茶っ葉も欲しい。

「ま、まだか？」

リーダー意外と食いしん坊ですね。見回りしてる他のメンバーが凄い目で見てますけど。

「もう少しですかねー」

炭で焼いたら、もっと美味しいだろうな。炭あるのかな。町では見なかったな。

ジリジリとみんなの輪が小さくなってきた。手にそれぞれ交換物を持って。タダでいいんだけどな。まぁもらえるもんはもらっとくけど。

「ふ、ふん！　たかがウサギの肉に何大騒ぎしてるんだか。俺なんかゴールデンクロスコッコを食べたことがあるんだぞ！　金貨十枚はする高級肉だぞ！」

ただし商人ズは輪に入っていない。二人離れたところで干し肉をかじっていた。クソガキが立ち上がって「すごーく美味かったんだぞ！」と胸を張っている。

「へーそりゃすごいですねー。そうですよねー、こんなお肉いりませんよねー。美味しい干し肉かじってますもんねー。気にせず食べててくださーい」

なんだゴールデンクロスコッコって。ニワトリか？　割り込んでくるな。かまってちゃんか。

俺の棒読みの言葉に、誰かがふすりと笑った。

坊っちゃんがまたムググと歯ぎしりしている。いらんというやつにはやらんよ。

「もういいかな」

いい感じに焦げ目が付き、余分な脂を落としたお肉様が、さぁお食べと呼んでいる。

地面に挿していた串を抜き、ヨダレを垂らさんばかりのリーダーに差し出す。はっと我に返ったリーダーが、なぜか回れ右して荷物の方にダッシュした。すぐに返ってくる。

「ほら。これと交換だ」

差し出されたのは、何かの紙切れだった。わけも分からずとりあえず受け取る。あとが支《つか》えてるからね。即席の交換会が始まる。パンやお菓子、回復薬と交換もあった。いや、いいのか？　もらうけどさ。

こうして商人ズ以外の人達と串肉を分け合った。ははは。ぎりぎりしてる。やらんよ。

では実食。

かぶり付くとじゅわっと脂が出てくる。ウサギ肉って鶏肉っぽいと聞くけど、ここのは淡白ながらも脂が乗ってるなぁ。僅《わず》かな塩味が旨味を引き立てる。遠火で焼いたので、固くはない。

つまり美味《うま》い！

「う、うおぉー!?　これがウサギっ」

「美味しい！　香ばしくて癖がないのがいいわね」

「もぐもぐ。もうない……」

みんなにも好評なようで良かった。串には大きめの一口大の肉が四つくらい刺さってるから、これとパンだけで結構腹がふくれる。あ、護衛のみんなにもちゃんと配ったよ。リーダーが闇討ちされたらかわいそうだし。

一本残ったけど、これは朝食においておこう。冷ました肉を葉っぱでくるみ、鞄にないないしておく。もらい物で荷物が増えた。まぁ、街で斜めがけの鞄買ったから入るけど。

そういえば、リーダーがくれた紙って何だったんだろう。

ぺらりとした手のひらサイズの紙。何かの模様が描いてある。じっとそれを見ている俺に気づいたのか、リーダーが声を掛けてきた。

「見るのは初めてか？」

コクリと頷くと、ニヤリと意味深な笑みを浮かべた。

「それは魔法陣だ」

「え、魔法陣!?」

初耳だ。あるんだこの世界にも。陣というわりには、円っぽくはない。なんかミミズの這《は》ったような文字が幾何学模様に描かれてある。

「なんの魔法陣、っていうか、こういうの高いんじゃあ？」

流石に高価なものはもらえないとビビる俺に、リーダーはひらひらと手を振った。

「それは売りもんじゃねー。知り合いが練習で描いたやつだよ。けど、効果はバッチリあるからな！　いい香りが出る魔法陣だ」

……え。それいつどう使うのが正解？

「ベッドに仕込んどくと女とヤ……」

スパーーーン！

言わせねぇよ！　とばかりに、パーティー内の女の人がリーダーの頭を思いっきり叩いた。

「あんた子供に何渡してんのよっ⁉」

いやほんと、なにくれてんだよ。媚薬《びやく》効果とかないだろうな。なんとなく指で摘《つま》んで、でも突っ返すのもあれなんで鞄の底の方にそっとないないしとこう……。

◆◆◆

夜は何事もなく過ぎた。途中、遠くに聞こえる狼《おおかみ》の遠吠えにクソガキがビビり散らかしてたけど。護衛で夜番もしてくれている冒険者達は声の方に顔を向けただけだった。距離と方向から、こっちには来ないと分かってたんだろう。俺もそれぐらいは分かる。

朝、少しだけ昨日の疲れが残っているような気がした。主に腰と尻のだが。背筋を伸ばし、ラジオ体操もどきで体をほぐす。朝食は昨日の残りの肉をほぐし、パンに詰め込んでいただきます。

ソースが欲しい。

クソガキの寝癖が凄いことになっていた。なんで頭押さえてるのかと思ったら、片側が逆立ってた。

「く、この、笑うなぁ！」

ごめん。我慢できんかった。

いい人だったらお湯作って直してあげても良かったんだけど、坊っちゃんだし、放置でいいや。

しかし、馬車が揺れるたびに、ふよふよ揺れる。さらさらヘアーがおいでおいでしている。見ると笑ってしまうので、みんな顔を背けていた。

本人も思うところがあるのか、今日は大人しい。いいことだ。

昼食兼休憩のために馬車が止まる。

「レイト」

冒険者リーダーのハイターが声を掛けてきた。昨日の一件で、それなりに仲良くなった、と思う。

「あそこ。あれ見えるか？」

何事かと思ったが、緊急の用ではなさそうだ。気軽な様子でどこかを指差す。指す方を見ると、頭ひとつ抜け出ている木に、鳥が止まっているのが見えた。

「鳥？」

「そう。お前あれ弓で狙えるか？」

そう言われて目測で距離を測る。

「ここからは難しいかなぁ。俺の弓は距離出ないから。あれ、魔物なの？」

自作の子供が引ける弓じゃ、木の上を狙うのは難しい。

鳥はこっちを警戒しておらず、羽繕いをしていた。距離さえ出れば十分狙えると思うけど。

「魔物だ。ロットクロウっていってな、美味いんだ」

ニヤリと笑う。なるほど。食いたいと。

「んー」

休憩は一時間ほど取る。獲ることはできても、捌いて焼くのは時間かかりそうだ。鳥は羽を毟《むし》んないといけないし。

「夜用でもいいなら、狙ってみるけど」

「おぉ！　期待してるぜ！」

ハイターがゴーサインを出す。

ちなみに冒険者同士は敬語なしで良いそうなので、俺もまだなってないけどそうさせてもらっている。

さて。弓では届かないので、土魔法でやってみようと思う。

距離、２００……２５０かな。狙いやすいように、人差し指をロットクロウに向け、手鉄砲の形を取る。撃ち出すのは硬い石の弾。銃弾をイメージ……と。狙うは首だ。

ちゅんっ！

思ったよりスピードが出たのか、高い音が耳に届いた。時速とかまで意識してなかったけど、弾道が見えなかった。ちょっとヤベー。

ロットクロウがぐらりと後ろへと落ちる。それを確認して林の中に駆け込んだ。もちろん警戒は怠らない。横取りするようなやつがいないとも限らない。

ほどなくグッタリと横たわったロットクロウを見つけた。拾い上げると、完全に事切れている。首を狙ったつもりだったが、羽ごと腹の辺りをぶち抜いていた。その場で血抜きをして、腸も引き摺《ず》り出しておく。

ばささっ
羽音に振り仰ぐと、鋭い眼光が俺を睨んでいた。手にしているのと同じロットクロウだ。もしかして番《つがい》とかだったろうか。「くえー‼」と大きな声を上げて飛び掛かってきた。手鉄砲を向ける。

ズバン！

焦っていたのか、イメージがしきれずこぶし大の石が命中した。死にきれずバサバサしている鳥の首を掻っ切る。

「レイト！」

ハイターが駆け込んできた。俺の足元に転がる二羽を見てほっと肩を下ろす。追加で来たロットクロウを見て慌てて駆けつけてくれたらしい。

「心配はいらんかったか」

「いや、ありがとうございます。ちょっと焦った。ついでに持ってくれると嬉しい」

鶏サイズの鳥二羽は重い。

ハイターが二羽とも持ってくれた。

「それにしても、鮮やかなお手並みだなぁ」

「でもこれ以上のサイズのはまだ倒したことないから。冒険者としては全然でしょ」

「いやいや、成人したばっかかだろう。凄いもんだと思うぞ」

「そうかなぁ。でもパーティーにも魔法使いいるんじゃないの？」

弓を持っている人がいないのは知ってるけど、前衛しかいないってことはないだろう。

「魔法か。リリーが使えるが、多分跡形も残らねーな」

「あー」

威力がありすぎるってことだろうか。

「じゃあ、討伐証明はどうするの？」

聞きかじっただけだが、討伐系の依頼を受けたときは、耳とか牙《きば》とか、証明できるものを提出するんじゃなかったか。

「それな。だからまぁ、リリーが魔法使うときは、部位証明がいらんやつだけだ。ゴブリンの群れとか、ゾンビ系とか。魔石は残るからな」

「なるほどー」

魔石は魔法ぶち当てても残るのか。あれ？

「ロットクロウにも魔石ある？」

「おーあるぞ。まぁ小さいんで大した金にはならん」

なるほど。捌くときに気を付けないと。魔石って食べられるんだろうか。いや、消化できないよな。変なこと考えた。危ない危ない。

◆◆◆

ハラハラと羽根が散らばっていく。馬車の後部で、俺はロットクロウの羽根を毟っては捨てていっていた。前世でなら怒られ案件だが、こっちでは周りに人がいなければいいらしい。そのうち風で散らばるから、「いんじゃね」だそうだ。

二羽とも毟り終わると、残った産毛を焼いていく。焚き火の火でやれば楽だけど、馬車の中なので生活魔法の火で炙《あぶ》ってみる。手のひらの上に火種を出して……。難しいな。火が小さいし、片手で鳥を持ち上げながらというのは無理っぽい。

「おい、こんなところで火を出すなよ！」

しかも坊っちゃんからクレームが入った。まぁ真っ当な意見だ。素直にごめんなさいしておく。

「ふ、ふん！　俺の生活魔法はもっと凄いんだぞ。見せてやんないけどな！」

なら言うなよ。いや、見せてほしいと言われたいのかな。でも昨日から水も出してないんだけどな。

生活魔法は規模は違えど、大体の人が使える。なので威張るほどのことではないと思うんだが。

「王都で先生を付けて学んだんだぞ！」

あーそれを自慢したかったのか。てか生活魔法に先生付けるって、どうなの。

「すごーい、さすがー」

ここは煽《おだ》てとけ。

生活魔法は、種火、コップ一杯ほどの水、こぶし大の明かりの玉、だ。異世界便利魔法の、洗浄とかクリーン系の魔法はない。お風呂がないので切実に欲しいのだが、使えるという人に会ったことがない。でも魔法的に〝あり得ないわけではない〟という感覚がするから、頑張ればいつか使えるような気がしている。

この〝使える〟という本能的な感覚と、イメージ力が魔法の肝だと思う。あと、魔力総量かな。

特に何事もなく、野営地に到着した。途中二度ほど魔物の襲撃を受けたけど、護衛が難なく処理した。頻度的にも問題ない数のようだ。

護衛いるの？　とか思ってすいませんした。

今日は獲物があるので、薪《まき》集めだけでいい。おこぼれをもらおうと、みんな積極的に拾って来てくれたのですぐに済んだ。もちろん例の二人は傍観だ。いや、オジサンの方は腰を浮かせてチラチラ見てきてたけど。

火を熾し、産毛を焼いていく。キレイにできたら、ちゃっちゃと捌く。今日も串焼き。鍋とか持っている人がいたら借りようと思ったんだけど、誰も持ってなかった。

　スキレットみたいのとか、まな板、鍋、お玉……。買いたいものリストが増えていく。荷物が増えるけど、食事は大事。登録してお金稼げたら買おう。まぁその前に、武器と防具を揃《そろ》えないといけないが。

　今日はちょっと味変してみた。枯れ木を拾ってたときに、スパイス的な植物を見つけた。ロッカといって、薬にも使える、というか本来の用途が薬。ピリ辛が楽しめ、胃腸にもいいので愛用していた。

　焦げないように炙ってカラカラにして、細かく砕いて塩とともに肉にまぶせばオーケー。ちゃんとみんなにも許可を取った。

　ジリジリと焼けていくロットクロウの串肉。ウサギより脂はなさそうだ。鳥肉かぁ。唐揚げ食べたい。生姜《しょうが》とニンニクっぽいのはありそうだけど、醤油ないしなぁ。なにより揚油も高そうだ。

「しかし、器用に使うな？」

　うん？　唐揚げに思いを馳《は》せていたら、ハイターにしみじみとなにか言われた。視線が俺の手元に落ちている。

「これ？」

「ああ」

　そうだろうか。

　俺は手持ち無沙汰に土魔法でお皿を作ろうとしていた。簡単に言えば土を操作する魔法だろうと理解し、焼き固めた土器といえばいいのだろうか、そんなものを。

はじめは分厚い木の板みたいなものができた。徐々に薄く、お皿っぽくはなってきたが、今度は強度が足りない。化学の知識が必要なのかなぁ。

「魔法でこういうのはしない？」

首を傾げると、ハイターは隣に立っているリリーを見上げた。彼女は「そうね」と肩をすくめてみせる。ちなみに昨日、ハイターの頭を叩いた人である。

「職業柄、攻撃にしか使わないわ。土魔法は、石礫《いしつぶて》をぶつけるやつかしら？」

「ああ。昼間コイツが使ってたやつな」

「……あれはもう別物だと思うけど」

呆れられた。でも石をぶつけてはいるんだよ。

「あとはこう、石の壁を作るとか。でもあれ大変だって聞いたわよ？　だいたい、魔法使いって魔力を温存しとく癖があるから、生活魔法すら使わないって人もいるわ」

「そうなんだ。便利なのにね」

そう言った俺の手元で、パキョッと音をさせて皿もどきが砕けた。うーん。なんでだ。

足元には瓦礫《がれき》と化したものが散らばっている。

「君、それ疲れないの？」

リリーが訝《いぶか》しげに聞いてきた。もう何度も失敗してるからね。

「まだ大丈夫かな」

魔力切れになる感覚は、何回も味わってるから前兆が分かる。ツキンと片頭痛的なものが来るのだ。それを無視して使うと、吐き気がする。最悪ブラックアウトだ。

「総量が異常なのかしら。それとも使い方？」

「異常って……。魔力操作ってスキルはあるよ」

「魔力操作ねぇ。聞いたことはあるけど」

リリーさんは首を傾げたままだ。納得できなくても、そうなのだ。他人のスキルに深入りするのはタブーだぞ。

「あ。肉焼けたよ！」

結局、お皿はできなかった。いつか料理映えするお皿作るよ！

ロットクロウの肉はむっちりしていた。噛《か》むとじわじわ旨味が出てくる。皮はパリッとしていて、ピリ辛の味付けが我ながら絶妙だと思う。なんというか出汁《だし》が効いた肉というか……とにかく美味い。

「むぐむぐ。今日のこれはまた、酒が欲しくなる味だな！」

ハイターも気に入ってくれたようだ。他のみんなも、顔をほころばせてかじり付いてくれている。良かった良かった。

串肉ともらい物のパンを交互に食べながら、俺も嬉しくなる。味覚が合うというのは重要だよね。宿の飯が標準なら、絶望しかないよ。

「ロットクロウはたまに食べるけど、この味付けは新鮮だね。どこでも手に入るものなのかい？」

もぎゅもぎゅしながらスクローさんが尋ねてきた。

「ロッカという植物の葉ですよ。それを乾燥させて、砕いただけです。わりとその辺に生えてるし、薬屋にも多分あるんじゃないかな。胃腸薬の材料だし」

「薬なのかい？　こんなに美味しいのに」

「別に初級回復薬の原料のトキイ草だって、食べられますよ」

「そうなのかい⁉」

トキイ草は初級回復薬の原料だ。どこにでも生えている生命力の強い植物で、煮出すだけで素人でも作れる。お茶代わりに飲んでいる地方もあると聞いた。

「初級回復薬を作った残り滓《かす》を、野菜炒《いた》めに混ぜちゃうとか。まぁ苦いのが駄目な人は食べないほうがいいですけど」

「トキイ草なぁ。それなら俺でも見つけられるわ」

ハイターがふむふむと頷いている。みんな結構知らないんだなぁ。俺なんか、野草は生きる糧だったからな。ばぁちゃんに聞いて、一通り食べられるものは食べている。

「ふん。馬鹿だなぁ」

和やかな雰囲気に水を差す声。あったか飯を食べる俺達から離れて、侘《わ》びしく干し肉を齧《かじ》っているクソガキ君だ。

「対価もなくそんなことをべらべら喋《しゃべ》るなんて。俺なら教えず売りつけるね！　どこでも取れるなら旨い商売じゃないか」

　やれやれ分かってないな～と、首を振っている。

「器の小さいやつだな」

　ゴクゴクと冷えた水で喉を潤す。何気に生活魔法の水の温度が変えられる。ちょー便利。

「どこでも商売のことを考えるのも、利益を考えるのも商人としては当たり前だと思うよ。でもそれを口にするのはどうなの？　お前友達いないだろ」

「なっ」

「周りの人間、金を毟り取る相手としか見てないんだろ。そのくせ見下してるから、交渉もできない。金を取っていい相手とそうでない相手、ちゃんと分けろよ」

「な、なんだよ、偉そうに！　俺はスキルを持ってるんだぞ！」

　立ち上がってブルブル震えているクソガキ。つーか俺、コイツの名前知らないまんまだな。商人を名乗るなら、まずは自分の名前を売り込めよ。

「だからなんだよ。スキルが物を売り買いしてくれるのか？　お前のは小さい利益で大きな信用を失うやり方だ」

「むぐぐっ。信用ってなんだよ。高く売れればいいんだ。商売ってのはそういうもんだろ！」

「信用がなきゃ売れないって言ってんの。小汚い格好の高慢ちきの勧めるクソ高いものを誰が買うんだよ」

「汚っ……お、俺は王都のっ」

「ここは王都じゃないんだよ」

ぐぎっとクソガキが歯を食いしばる。その後ろで、オジサンがオロオロしていた。放っとこうと思ったけど、いい加減腹立ってきた。折角のうまい飯が台無しだよ。

「人を馬鹿にすることしか言えないならせめて黙ってろ」

場がしーんと沈黙に包まれる。

あ～あ、やっちゃったヨ。

「はー……。すいません、頭冷やしてきます」

ポイッと串を火の中に放り込み、その場を離れる。ハイターが声を掛けてきたが、振り返らずに焚き火の明かりが届かない場所まで歩く。あまり離れると魔物を呼び込んでしまう。ギリギリ人の圏内でしゃがみ込んだ。

「あ～～」

何やってんだろうな。放っとけばいいのに。そうですねーって流しとけばよかったのに。偉そうなことを言ってしまった。俺こそ黙ってろよだよなー。

暗がりをじっと見ていると、目が慣れて物の輪郭がハッキリしてくる。この世界で目覚めてから、闇を怖いと思ったことはない。もとより街灯とかないから、日が暮れれば真っ暗だ。明かりのない馬小屋で、ただ家から漏れる賑《にぎ》やかな声を聞いていた。やけに明るく話すみんなの声が、そんなことを思い出させた。

じゃりっと足音が聞こえて振り向く。クソガキの後ろでオロオロしていたオジサンだった。

「何ですか……？」

謝れとか言いに来たのかな。

しかしオジサンは、逆に俺に頭を下げてきた。

「申し訳ない。私がもっと強く言うべきだったのに……」

疲れたように、ポツポツと身の上話をはじめた。いや、別に、聞きたくないんだけど。

しゃがんだまま見上げる俺の前で、まるで懺悔《ざんげ》のように語る。

聞けば、王都でもあの調子だったらしい。大商会の会頭の孫で、つまりは甘やかされて育てられてきた。成人して『商売』のスキルを手に入れ、将来は約束されたも同然と、さらに増長した。しかし、流石に物言いが問題になってきて、修行として地方回りを命じられたのだとか。オジサンは叔父さんらしい。面倒を見るようにと押し付け……頼まれて、一緒にいるらしい。が、舐められていて言うことを聞いてくれないとか。

「……それで？」

だからなんだ。知らんがな。それを聞いて俺はどうしたらいいんだ。これでいて七歳なのよ、俺。というか七歳の発言じゃないな、さっきの……。

「私は一体どうしたら……」

いやいやいや、知らんがな！　そんな縋《すが》り付くような目で見ないでください。さっき、強く言えばとか言ってたじゃん。それでいいじゃん。

ため息を吐《つ》き立ち上がる。

悪い人ではないんだろうなぁ。中間管理職か。うんうん。大変だよね。

ところで俺は中間管理職の哀愁を知っているようだ。前世でいつまで生きていたのか記憶はないが、それなりの年齢だったのだろうか。酒の味も知ってたしな。

まぁそれはともかく。

「もうさ、王都に連れ帰ったら？　失敗して甘やかしたみんなでその責任負えばいいんだよ。もしかしたら大成するかもだしさ。面倒見きれませんって、引き取ってもらったら？」

「そ、そんな……」

「商売成り立ってんの？」

オジサンは無言だ。ただ地方を旅行してるだけなんだろうか。だってこの人達、商品持ってないんだもの。それとも口だけの営業をしてるんだろうか。

「……そうだな。このままでは無為に時間が過ぎるばかりだ。実はこれが終わったら、一つの店を任せてもらえる約束をしていてね、思わず飛びついてしまったんだが……。連れもいないし、これを足掛かりにとか思ってたんだ。先が読めなかった私の責任だね。商人失格だな。ハハハハ」

おぉう。オジサン喋るね。吹っ切れたの？　やけになってんの？　俺責任取れないよ？

テンプレキターーー！

Reito no yuru-i Tensei seikatsu

　その後は何事もなく馬車旅が終了した。坊っちゃんは終始不機嫌で、なにか言いたそうに時折俺を睨んでいた。ほっときましたけど。坊っちゃんと一緒に、俺まで腫れ物のように扱われた。まぁ自業自得だ。ただオジサンは憑《つ》き物が落ちたように、清々《すがすが》しい顔をしていた。この後のことは知らんよ。

　最後ゴタゴタしたけど、「時々あること」と、みんな笑ってくれた。肉美味しかったとの言葉ももらった。肉とゴタゴタでプラマイゼロってとこだろうか。

「じゃあな！　またどこかで会ったら、一緒に肉狩ろうぜ！」

　ハイター達ともハイタッチで別れた。彼らはこの街を拠点にしているらしいので、また会えるだろう。とはいえ、ランクが違うから同じ依頼を受けるのは無理だけど。

◆◆◆

　ニッツの街は、リドフィンと同じく石造りの街壁に囲まれた楕円形の街だ。雨が多くて、細かな水路が巡らされているのが特徴だろうか。街のすぐ側、西側は森が迫っている。奥へ入れば入るほど出てくる魔物が強くなるのはどこも同じだ。

南門から入った俺は、街の中心部へと向かった。冒険者ギルドへと足を運ぶ。兎《と》にも角にも登録しないと、始まらないからね。

冒険者ギルドの外観はログハウス風だった。ウエスタンドアではなく、普通の木製のドアだ。剣を重ねたようなイラストの看板がぶら下がっている。

さすがにフードを被ったままでは怪しいので、取ってからドアを開ける。さてさて、何が待ち受けているのか。

中はファンタジーでよくある、カウンターで区切られた銀行とか役所風だった。昼前という時間帯のせいか、あまり人は多くない。入って右側に、ズラッと掲示板がある。左側はいくつかのテーブルと椅子が置いてあった。酒場は併設されていないようだ。

トコトコと歩いて、空《す》いているカウンターの前に行く。む。背伸びしないと机の上が見えない。チビの弊害がこんなところに！　よいしょと、机に手を付いて背伸びをしたところで、後ろから声がかかった。

「おいおい、なんでこんなところにガキがいるんだぁ？」

お決まりの言葉で絡まれた。振り向くと、ガラの悪い、見るからに下っ端風の男がいた。酒臭い。筋肉が自慢なのか、革鎧《かわよろい》からムキッと覗かせているが、それが絶妙にダサい。ビールっ腹だから。バランスどうなってんの。

無言でじっと見上げる俺が怖がっていると思ったのか、頬を歪《ゆが》めて笑った。

「ガキはお家に帰ってママのオッパイ吸ってろよ」

いや、さすがにこの年の子供に言うセリフじゃないと思う。っていうか、俺そんな幼児ですかね。

どうしたもんだかと、対応してくれようとしたお姉さんを見上げる。ちなみに全員受付〝嬢〟だった。別にキレイなお姉さんを選んだわけではない。

「御用でないなら後にしていただけませんか」

困惑している、というよりは、面倒くさそうに受付嬢が牽制《けんせい》してくれた。それに嬉しそうにさらに笑みを深める男。こいつ、俺じゃなくて彼女目当てか。

「まぁまぁファルちゃん。それよりお昼一緒にどうよ。奢っちゃうぜ？」

「仕事です。お帰りください」

バッサリ切った。ファルさん、スンッって顔してる。

よし、用は済んだな。

「すいません。七歳になったんで冒険者登録したいんですけど」

「かしこまりました。成人してれば大丈夫ですよ。ではこちらの紙に……」

「おいおいおい！　俺が喋ってんだろうがよ！」

何事もなかったかのように話し始めた俺達に、男がくわっと目を剥《む》いて怒鳴ってくる。いや、終わったじゃん。バッサリやられたじゃん。しつこい男は嫌われるよ。

「大体こんなチビが成人してるわけねーだろ！」

言いながら俺の肩をガシっと掴んで引いた。背伸びしていたので、踏ん張りきれずそのまま後ろにステンと転がってしまった。バキッと背中で鈍い音がする。

「ちょっと、なにしてっ」

「ああああー‼」

思わず立ち上がったお姉さんの声を遮るように、俺の絶叫が響いた。何事かとギルド内にいた人達の視線がこっちを向く。

背に掛けていた弓を手に取った。

「壊れたー‼」

嘘ではない。弓が中ほどでポッキリと死んでいた。

「おばぁちゃんに買ってもらったやつなのにー！」

「知らねぇよ。どうせ使わな」

「ちょっとずつ貯《た》めたお金で、買ってくれたのに！　まだ一回も使ってないのに！　銀貨五枚もしたのにー！　もうお金ないのにーー！」

壊れた弓を抱きしめて喚《わめ》く。泣ければいいけど涙は出ないので、座り込んだままギャン喚き。

知るかよみたいな雰囲気だった男が、徐々にオドオドし始めた。

そしてタイミング良くその肩をぽんと叩く人物。

「騒がしいと思ったら、まさかこんな小さな子をいじめてるんじゃないよね？」

アマゾネスキター！

いや、ナイスバディーなお姉さんが来た。さすがにビキニアーマーじゃないけど、谷間がガッツリ見える鎧を着てる。俺は座ってるから見えるのは下乳だけど。腹筋割れてるぅ。

「うるせ……ひっ」

振り払おうとして、男が息を呑《の》んだ。彼女は何もしていない。つまり顔を見てビビったのだろう。ということは有名人だろうか。

「どうなんだい？」

「し、知らねぇよ。勝手に転んだだけだろ」

「へぇ。あたしの目も耄碌《もうろく》しちまったかねぇ、アンタが引っ張ったように見えたんだが」

「ち、違っ、あ、そうだ待ち合わせガッ」

ブルブルと首を横に振り、できの悪い嘘《うそ》を吐く男。その肩に徐々に食い込んでいく、キレイにマニキュアが塗られた爪先。

「代わりのもの買えるだけのお金、置いていってやりなよ。偉そうにしてんだから、それぐらいの稼ぎはあるんだろう？」

「な、なんで俺が」

「ん？」

笑顔が怖いですお姉様。

男は周りに助けを求めたが、みんな面白そうにこっちを見ているだけだ。更にギルドに入ってきた人達に、状況がどんどん伝えられている。またかみたいな顔をしている人もいるから、常習犯なんだろう。

さすがにマズイと思ったのか、男は懐から何かを取り出すと、床に投げつけた。チャリーン！

「く、お、覚えてろぉ！」

捨て台詞《ぜりふ》を吐き、「見てんじゃねーよ」と喚きながら周囲を威嚇しつつ、ドアから出ていった。

どっと笑い声が上がった。指笛も聞こえる。

いやぁ、いいエンターテインメントでしたね。女神様に拍手です。


女神様はAランク冒険者だった。そりゃ、ザコモブはビビるよね。

「あの、ありがとうございました」

立ち上がり、ペコリと頭を下げる俺。の頭をぐりんぐりん撫でる女神様。首もげそうなんでやめてくださると嬉しいです。

「まぁ気にすんなよ。あんなのばっかりじゃないからね、冒険者は」

そうだそうだと、周囲が同意する。もちろん分かっていますとも。気の良いパーティーにはもう会ってるからね。

「ほら、これ」

何かを手渡される。銀貨が二枚あった。あの男が去り際にぶちまけていったやつか。っていうかこれ、もらっていいのかな。嘘だったんだけど。元値ゼロなんだけど。

戸惑う俺に、「もらっときな」と彼女は笑った。

「武器の一つもないと、それこそ舐められるからね」

「はい。ありがとうございます」

確かに解体用のナイフしかない。しばらくは街中の依頼を受けるつもりだけど、やっぱり心許《こころもと》ないしな。

女神様は爽やかに笑って、別の受付嬢の元へと歩いていった。一人ってことは、ソロなのかな。何気にでかい剣背負ってるけど。

ギルド内はもう、さっきのことなどなかったかのように落ち着いている。日常茶飯事なんだろうな。

「では、改めて説明させていただきますね」

受付嬢も、何事もなかったかのように説明を始めた。ちなみに誰かが踏み台を持ってきてくれたので、背伸びをせずに済む。

渡された紙に、名前と年齢を書き込む。代筆はいりませんよ、ちゃんと書けます。スキル欄があるけど、書いても書かなくてもいいらしい。一応、弓と書いておく。以上。いや、ハードル低いな冒険者。

書いて渡した紙を見ながら、なにか操作している受付嬢。

「はい。ではこれに血を一滴垂らしてくださいね」

「うはぁ」

へんな声出た。ここに来ていきなり異世界っぽいのが来たな。渡されたのは、銅色のドッグタグだった。『レイト　7才　Fランク』と彫り込まれている。それに血を垂らせという。別に針を渡されるわけではないので、適当に指の皮を歯でプチっとする。プクリと出てきた血を、ぺちょっとな。

ふわわん。

ほのかにドッグタグが光った。

「これで登録完了です。依頼を受けるときと、報告時に提示していただきます。今回は無料ですが、再発行はお金が掛かりますので失くさないようにしてくださいね」

チェーンを付けてくれているので、そのまま首に掛ける。人によってはブレスレットなどに加工するらしい。俺はこれでいいけど、チェーンだけ丈夫なのにしようかな。まぁお金に余裕ができたらだな。

続いてギルドのシステムとか、注意事項を聞く。概ねラノベ知識にあるもので通用しそうだ。ただFランクは更新期間が短いから注意だ。十日間ギルドに音沙汰がないと、失効してしまうんだとか。登録だけして依頼を受けない人が多かったから、できた決まりなんだって。移動に時間かかるこの世界じゃ、十日なんてあっという間だから気を付けないと。こりゃランク上がるまで、この街にいたほうがいいな。

「そうそう。あそこの階段を降りると、ギルドの購買がありますよ。物はしっかりしているので慣れないうちは利用してみてくださいね。あと、二階の最初の部屋は資料室です。閲覧自由なので、一度目を通しておくといいですよ」

「これで終わりです」と言ったあと、お姉さんは親切にもそう教えてくれた。そう言われれば見に行かねばなるまいて。

「ありがとう」と自分的に満面の笑みでお礼を言う。まずは購買から見てみよう。

地下は思ったより狭かった。階段を降りた左右に部屋があるだけのようだ。左側はドアが閉まっている。右は……乱雑に物が置かれた倉庫のように見えるが。

「いらっしゃい」

ドアのそばに一人の男が座っていた。眠そうなこの男が店番らしい。

「こんにちは。入って見ていいんですか？」

「うん？　欲しい物があれば言ってくれれば取ってくるよ」

なるほど。自由に手にとって探すというわけではないんだね。

「じゃあ、えっと、とりあえず弓が欲しいです。俺でも引けるサイズで、あまり高くないものを」

ポッキリいった弓を見せながら、そうお願いしてみる。

「あ、あと、一応革鎧も。今はお金ないけど、いくらぐらい貯めないといけないのか、知りたいので」

「ふんふん」

店員さんはしげしげと弓と俺を見たあと、器用にひょいひょいと物の隙間を歩いていった。もうちょっと、棚に並べるとかしないのかな。なんで全部床に直置きなんだろう。

ぼんやりそんなことを考えていたら、いくつかのものを拾って、またひょいひょいと帰ってきた。

「弓はこれかこれ。サイズが小さいのはあんまりないからな。赤いのは銀貨三枚。白いのは金貨一枚だ」

「うぇえ。ね、値段の差はなんですか？」

「赤いのは普通の弓だ。白いのは付与がしてある。命中と強度が上がっているよ。射程距離も長い。ちなみに火魔法を付与してある矢なんかもあるよ」

高く付くけどね、と苦笑する。

付与かぁ。そういう魔法もあるのか。でも正直、その性能でそこまで値段が上がるのかと思ってしまう。連射できるとか、矢がいらないとか、そんなのもあるんだろうか。

「これが、仕様書だよ」

そんなことを考えていると、店員さんがペランと紙を見せてくれた。そこには付与されているもの、製作者、使用されている材料なんかが明記してあった。工房なんかで作られたものは、仕様書付きで売られるらしい。また、使わなくなった時も仕様書があれば売価が跳ね上がるのだとか。だからちゃんと取っておくようにと言われた。仕様書がないものは、売り手を信用するしかない。目が肥えるまでは、ちゃんとした工房で買うようにだって。

たしかになぁ。それだって偽ろうと思えばできそうだ。一回しか発動しないとかだったら、確かめようがないもんね。くわばらくわばら。普通の武器にしとこう。

「革鎧は、サイズが合いそうなのはこれしかないね。銀貨七枚と銅貨五十だ。付与はないけど、汚れに強いよ」

見せてくれたのは、至って普通の革鎧だった。ただ、腹のあたりの革が緑色だ。カエルっぽい。聞けばそのまんまカエルの魔物の皮だそうだ。

「なるほど。ありがとうございます。えっと……」

弓だけでも買うべきだろうか。さっき武器なしは心許ないって思ったけど、それ以前に財布が心許なかった。迷う俺に、

「まぁ急いで買うこともないさ。今見せたのは売れ筋じゃないからね。他を見てから考えてもいいよ」

「すいません。じゃあ、一旦保留ということで。しばらく街の中で稼いでから来ます」

「うんうん。いいことだよ。若い子はとりあえず剣を持って、外に出ようとするからね」

買わない俺に怒ることもなく、「気が向いたらまたおいで」と言ってくれた店員さん。取ってきたそれらを、そのへんにホイホイと置いて椅子に座った。いや、元の場所に返さないのかよ。この部屋のもの全部覚えてるのかな……。

眠そうな店員さんと別れ、今度は二階に向かう。

最初の部屋、ここだな。ドアはなく、二畳ほどの小さな部屋だった。部屋の片面に本棚があって、その向かいにぽつんと長椅子が置かれている。資料室ということだったが、本が十冊もない……。

えーと、冒険者の手引き。

ケンカをしちゃいけません、横取りしちゃいけません、期日は守りましょう。幼稚園児かな。まぁ後半の方にはためになることも書いてあった。解体の仕方、魔石のある場所、討伐証明部位、採取の仕方など。あと、ギルド証で受けられる利益。いざというときに戦闘に参加することを約束に、馬車代の割引。ギルド経営の宿屋の割引。などなど。

こっちは、採取の仕方。……いや、さっき書いてあったよ？　見ると、前のより詳しく書いてあった。保存方法も書いてある。でも残念ながら、ばぁちゃんに教えてもらった以上のことは書いてなかった。

これは、地図だな。このへんの地図だけど、案の定大雑把だ。地図は軍事情報だからね。そういえば戦争の話は聞いたことないけど、周りの国との関係はどうなんだろうな。

周囲の街の位置と、森や山の位置を覚える。さっき読んだ採取情報に書かれていた地名も覚える。討伐依頼ついでに採取もできれば、一石二鳥だ。

んで、これは、この国の歴史書。文字が少ない子供用だ。だって教会で文字覚えるときに読んだもん。だからこれは読まなくてオッケー。

最後のこれは、貴族名鑑。

覚えたほうがいいんだろうけど、関わりたくないから見んとこ。勝手に耳に入ってくる分でいいや。

ふむ。総じて来てよかったとしておこう。どこのギルドにもあるのかな。初めましての所は資料室を覗くことにしよう。

もう昼ごはんの時間を過ぎていた。

ギルドの外に出て、ちょっと腹を満たそう。その後、短時間でできそうな依頼をこなそう。せめて飯代だけでも稼がないと。

その辺の屋台で串肉を買った。安定のイマイチ感だった。美味しそうなはちみつパンがあった。誘惑に負けて一個だけ買った。ゲロ甘だった……。

ギルドに戻り、掲示板を眺める。ランクごとに分かれていないから、非常に見にくい。空いたスペースに次々貼っていってる感じなのかな。

Fランクの文字を探し、内容を読んでいく。

仕事の内容、報酬、期日、依頼人。時々細かく注釈が入っているものもあった。

「あれにしようかな」

……手が届かぬ。

ぷすっと笑い声とともに、後ろからにゅっと手が出てきた。振り仰ぐと知った顔だ。

「ハイターさん！」

「すぐに会ったな。ほらこれか？」

俺が取りたかった依頼書を剥がして、俺に差し出してくれる。昼前に馬車のとこで別れたばかりの、ハイターだった。

「ありがとう。みんなは？」

パーティーメンバーを探す俺に、彼は「ああ」とポリポリと頭を掻いた。

「今日はもう休みだからな、それぞれ別行動さ。俺は体を動かそうと思ってな」

首を傾げると、ギルドの裏手に修練場があるのだと教えてくれた。空いていたら誰でも使えるのだとか。お前も混ざるか？ と魅力的なお誘いを受けたが、断った。弓のためにも今は稼ぎたい。稼ぐために修練が必要とも言えるのだが。

ハイターと別れ、カウンターに依頼書を出す。

「はい。手紙の配達ですねー。こちらの依頼は日を跨げませんので、今日中にお願いします。ではギルド証をこちらにかざしてくださーい」

なにかの黒い板にドッグタグを近づけると、ぴっと音がした。ここだけなんか電子チックだ。

「少々お待ちくださーい。はい、こちらがお手紙ですー。これは届け先の地図。二通あるので、間違えないようにしてくださいね。受領のサインをこちらに書いてもらって、これを提出していただけることで完了ですよー。では、お気を付けて行ってらっしゃいませー」

丁寧だけど、なんか独特のノリの人だな。

「ありがとうございます。行ってきます」

依頼書と地図、手紙を二通受け取ってギルドを出る。

まず一通目は門兵がいる詰め所。俺達が入ってきた南門の所だ。もう一つは街の中ほどにある、商会。大通りにあるから、ついでに商店も見ていきたい。

ちなみに冒険者ギルドの受付は基本一日中人がいる。ただし、依頼の受け付け・報告は八時までとなる。

ちなみにちなみに、この世界は一日二十四時間で俺としてはすごく馴染みやすい。しかし時計はない。二時間おきに時告げ塔で鐘が鳴るので、それを目安に動く。じゃあ時告げ塔はどうやって時間を知るのか、それは神のみぞ知る……。魔法じゃね？　で済むから怖い、異世界の神秘。

まずは、詰め所に行こう。

トコトコと通りを歩いていく。馬車と人が入り乱れているので、端っこを通る。これでよく事故が起きないなぁ。みんな慣れているのか、馬車の間をスッスと通る。

あ、獣人がいた。

ファンタジーらしく、この世界には様々な種族がいる。が、この国にはあまりいないらしい。人間至上主義というわけではない。単純にいないだけ。なんでかは知らない。

俺はそれほどケモノスキーではないけど、もふもふはしたいと思っている。ただ、獣人の耳や尻尾を触るのは、多分アウトだろうから気を付けないと。

そんなことを考えつつ、門まで戻ってきた。門から入ってくる人はまばらだった。門番もさほど忙しそうにはしていない。

ところでこの手紙、どうやって渡そう。

表書きに『ルスチファ』とだけ書いてある。ルスチファさん宛ということだろう。差出人は書いていない。ただ封蝋《ふうろう》が押されているから、それで分かるんだろう。

手紙を持ったままキョロキョロしていると、女の人に囲まれている制服を着た男の人が目に入る。一瞬、視察に来ている王子様かと思った。キラキラ金髪に碧眼《へきがん》、背が高く、制服姿がメッチャ似合う男前。でも門番と同じような服を着てるから、衛兵なんだろうけど。女の人にキャッキャと纏《まと》わりつかれながらも物静かに微笑《ほほえ》んでいる。

「うちでお茶にしませんか？」

「髪は長いほうがお好きでしょう？」

「眩《まぶ》しいっ浄化されるぅ」

……特殊な感性をお持ちの女の人もいるみたいだ。

あ、王子と目が合った。女の人達にひと言何か言ってからこっちに来る。

「ん、詰め所になにか用か？」

声も落ち着いたいい声だな。パーフェクトか？

「あ。冒険者ギルドから来ました。お手紙の配達です。えーと、ルスチファ様宛です」

手紙の表面を見せながら、そう答える。

「隊長宛？」

男は訝しげな顔をした。ルスチファさんは隊長らしい。隊長なら貴族から手紙が来てもおかしくないんじゃないかな。っていうか、本人も貴族じゃない？

封蝋は主に貴族が使う。そして衛兵の上の方の人って、やっぱり貴族なんじゃないかと思う。長男以降が騎士とかになるんじゃないかな。いや、騎士って貴族だっけ？

「コクシン」

不意に男の後ろから、また別の男の声がした。手紙を取ろうとした手を止め、目の前の彼が振り返る。俺も体を傾けて、後ろの人を確認した。

「お前、今日は非番だろう。なんでいるんだ」

「え、いや……」

ん？　社畜の人？

コクシンという名前らしい男前は、気まずそうに頬をポリポリと掻いた。

「することがなかったもので……」

「部隊長が進んで休まねば、下が休めんだろうが」

「はぁ」

暇なのか？　独り身なのか？　モテてたのに。

そんなことを思っていると、声を掛けてきた男が俺に気づいた。

「君は？」

「あ、冒険者ギルドから来ました。ルスチファ様にお手紙です」

「ああ……。じゃあ、俺が渡しとくよ」

なぜか、すっと男の雰囲気が変わった。ぱっと俺から手紙を抜き取ると、そのまま踵を返してしまう。

「え、あ！　ちょっと！」

関係ない人に渡しちゃったら、俺が怒られるんですけど。サインももらってないし。

「ああ。大丈夫だろう。多分、今からルスチファ隊長のところに行くんだろうから。サインは俺が書いとくよ」

コクシンさんが代わりに受け取りのサインを書いてくれた。

『ニッツ守備隊第三部隊長コクシン』

「あれ、家名がない」

思わず呟《つぶや》いたのを聞き取ったのか、コクシンさんは苦笑した。

「俺は平民だよ。そんなに貴族様に見えるか？　時々言われるんだが」

「すいません。カッコイイってことなんで、悪い意味ではないです」

素直に言うと、苦笑が深くなった。これは困っているのか、照れているのか。なんにしろいい人そうで良かった。

「配達は終わりかい？」

「あ、いえ、もう一箇所。トーラ商会へ」

「ふぅん……」

うん。なんに引っかかっているのか分かる。だって隊長に来てた手紙と、同じ封筒なんだ。普通、どういう関係？　ってなるよね。まぁ冒険者に託すくらいだから、密書とかではないだろうけど。

「ついでに俺が案内しよう」

暇だしねと笑うお言葉をありがたく受け取る。迷子の心配はないけど、疑問の答えをくれそうな同行者は歓迎だ。

トコトコと歩く俺の隣を、長い脚でゆったり歩くコクシンさん。勤務外だからか帯剣はしていないが、制服姿が目立つ。とはいえ、ファンタジー世界なのでフルプレートアーマーの冒険者ががしょがしょ歩いていたりもするのだが。

「そういえば、この紋章ってどなたなんでしょう」

鹿が後ろ足立ちになり、その周囲を棘《とげ》が囲っている。狩りなのかな？　あまりいいイメージがないけど。

「ああ……。この街の代官だな」

領主は別の街にいるようだ。コクシンさんの表情が曇っている。あまり評判の良くない人なのかな。この半日ほどでは特に感じないが。

「たびたび、隊長と懇談しているようなんだ。いや、仕事だと言われればそれまでなんだが……。それに例の商会がからんでるとなると……。はっ、いや今のは忘れてくれ」

いやいや、めっちゃ聞こえちゃってるよ。そんな思わせぶりな言葉投げないでよ。フラグなの？

「えーと……」

「それより小さいな。いくつだ？」

あからさまに話題変えてきた。ていうかそれ、地雷ですからー！

「七歳ですよ。ちゃんと成人してますよ。あなたがデカいだけでしょ。どうせチビですよ」

いじけると、慌てて「いや、かわいいと言いたかったんだ」と言い直した。俺男だし。かわいいは褒め言葉じゃないし。ジトっと見上げると、

「あっあ～。は、はちみつパン食べるか？」

食い物で釣ろうとしてきた。

ブハッと耐えきれず吹き出す。この人見た目より真面目というかヘタレというか。嘘がつけないタイプなのかなぁ。いや、俺がかわいいというのは盛りまくったお世辞だろうけど。

「あ。ここだぞ」

そんなこんなで十数分歩いてようやく着いた。

トーラ商会は雑貨と武器を扱っているらしい。店の半分を分けて陳列されていた。武器の方には興味があるけど、まずはお仕事だ。

ちなみにコクシンさんは外でそっとこっちを窺っている。初めてのお使いを見守る親かな。あ、また女の人に声かけられてるよ、あの人。

「こんにちは。冒険者ギルドから来ました。お手紙です」

封筒には店の名前しか書いてないから、店員さんに渡しても大丈夫かな。

「はいはい。確認しますね」

応対してくれたのは、若い女性店員だった。手にしていた紙の束を机の上に置き、俺の手元を覗く。裏を見てすぐに、「あ、若旦那宛ですね」と呟いた。何度か手紙が来てるんだな。

「はい。お渡ししておきます」

さらさらっと受け取りのサインを書いてくれた。よし、任務完了だ。

「あの、ついでに店内見て回ってもいいですか？　この街に来たばっかりで」

声を掛けてみると、営業スマイルで「どうぞ～」と言われた。手にしていた紙の束を取り上げる。ふとその書面に目が行った。やけに大きな取引額が並んでいる。そして取引相手の名前もガッツリ見えてしまった。

何事もなかったかのようにしばらく店内を回る。武器も雑貨も一応見たけど、なんかやたらキラキラしてたので興味が失せた。

店の外に出ると、一人でいたコクシンさんがもの言いたげな目で見てくる。

「なんですか？」

「なにか見たか？」

「……どうして？」

あれ。俺もしかして監視されてたのかな。見たことを口外すんなってことなのかな。

首を傾げる俺に、コクシンさんは戸惑ったように、

「店内を見てたから、なにかあるのかと思って」

と言った。

「ああ。別に今日この街に来たばかりだから、どういうのが売ってるのかなって見てただけだよ」

「そうか」

「あそこの若旦那さんと守備隊の間で取引があるみたいだけど」

隣を歩いていたコクシンさんが立ち止まった。俺も立ち止まる。見上げると苦虫を噛み潰したような顔をしていた。

なんとも言えないけど、多分癒着してんじゃないかな。裏金とか、架空請求とか、そんな感じのやつ。代官も入って、三カ所でお金が動いてるんじゃないのかと思う。っていうか、隠す気がねーな。

「……やっぱりか」

コクシンさんは前から気付いていたみたいだ。経理関係とか配置換えに偏りがあって、訝しんでいたのだそうだ。そして自分が、蚊帳《かや》の外になりつつあることも。

まぁ彼の性格じゃあ黙ってられないよね。

「言わぬが花って言葉もあるよ」

守備隊に入り、しかも部隊長なんて生半可な努力でなれるもんではないだろう。平民からならなおさらだ。

結局コクシンさんは深刻な顔をしたまま去っていった。

俺はその後ろ姿を見つめて、ちょっとだけ後悔していた。危ないことはしないと思うけど、軽率だった。早いか遅いかだとしても、俺がトリガーを引いたような気がする。

◆◆◆

依頼は無事に済み、お金も手にできた。夕食代ほどにしかならなかったけど。ランクアップはポイント制だ。数を熟《こな》すか、難しい依頼で効率を上げるか。例えば配達は一ポイントだけど、討伐は三ポイントとか稼げる。もちろん、成功率や人格も精査対象だろうけど。急ぐ必要はないので、地道にやっていこう。

宿には泊まらないことにした。

コクシンさんが教えてくれたのだが、日中屋台が出ている広場に、夜間だけテントを張ったりして寝泊まりしていいのだそうだ。屋台は夕方のラッシュ後撤収するので、広場はガランとする。朝屋台が並び始める前にテントを片付ければオーケーなんだって。

広場にはすでにテントが点在していた。俺も端っこの方に陣取る。

夕食は、日が経って固くなったパンを格安で手に入れてきた。カップの中に生活魔法でお湯を入れる。干し肉を細かく千切って入れ、しばらくふやかす。そこにパンも千切って入れ、スプーンでグリグリ混ぜる。パンが溶けてどろどろになった。本当はミルクでやりたい。ひとくち食べてみる。イマイチなので、塩とピリ辛のロッカをパラッとかけてみた。

「……うーん」

よくラノベでパン粥《がゆ》とか出てくるんだけど、これじゃない感がする。食感は残すのかな。それともパンの問題か、調味料？

まぁ何事もやってみないと分からんな。

ふと周りを見ると、いくつかのグループがコンロのようなものを使っていた。キャンプのときに、コーヒーを沸かしたりするときに使ったことがある、あんなやつ。魔導具だろうか。あれも買いたいなぁ。

欲しいものリストに書いておく。あとランタン。いや、明かりの魔法で事足りるか。お酒。うん、外でまで飲まなくてもいいかな。お皿。土魔法で頑張ろう。本？　いや、欲しいけど荷物になるしなぁ。

周囲の人達が持っているものを見ながら、取捨選択していく。インベントリないから、できるだけ荷は軽くしないといけない。

向こうの方でケンカが始まった。ここも夜中までうるさそうだなぁ。

さっさとテントの中に引きこもり、いつもの寝る前の魔法の訓練。最近は『鑑定』をどうにか覚えられないかといろいろ試している。適当な物を見て、「これは何だ」と自問していくだけだ。じっとひたすら見て、ゲームのように鑑定結果が出てくるのをイメージする。名前と解説、値段も出るといいな。食べ物には調理方法が出てほしい。夢は広がるが、モノにできるかどうかは分からない。

「おーい、起きてるか？」

不意にテントが揺すられた。知らない声にびびくぅと背筋が伸びた。戸惑って、しかし無視もないだろうと、入り口をちょこっと開ける。

「お、起きてたか」

赤い髪の、二十代くらいの男だった。

「な、なんですか?」

「いや、靴が出しっぱなしだったから、忘れてんのかと思って」

「ふへぇ」

思わず気が抜けた声が出る。男が指さした先には俺の靴がちょこんと揃えて置いてあった。そういやテント入るときに脱いだんだった。

「荷物もそうだが、外に出しとくと盗られるぞ? というか、野営のときは靴は履いたままの方がいい。何があるか分からないからな」

「そ、そうですよね。つい脱いじゃってました。教えてくれてありがとうございます」

忘れないうちに履いておこう。革靴をゴソゴソ履き始める俺を見て、

「まぁそんな小さいの誰も盗らんだろうけどな!」

と、親切な男は笑って去っていった。隣のテントの人のようだ。最後の一言は余計だよ、ちくしょうめ。

いかんいかん。こんなところで前世の名残が出た。

少なくともこの辺りは、部屋の中でも靴文化だ。寝るとき以外は履いている。俺も生まれたときからそうなので、慣れているはずなのだが。時折前世の習慣が出るんだよな。「いただきま

す」とか、歯磨きとか、入浴とか。ないのよ、この世界。貴族様はしてるのかもしれないけどさ。

どこか警戒心が足りないんだな。平和な世界にいたせいだろう。気をつけないとな。

改めて身の回りを確認する。外に荷物はなし。財布は懐に入ってる。ナイフは取り出しやすいように腰に。元々テント内は狭いので、手が届く近さに全部ある。

どこかで響き始めたいびきにため息を吐きつつ、おやすみなさい。

どんどん依頼を受けよう

おはようございます。本日の朝食は、屋台で売っていたスープです。シチューの味なしバージョンといったところ。煮込んだだけか。せめて塩味つけろ。

冒険者ギルドに向かう。今日から本格的に動かないとね。

しかし、その意気込みもギルド内を覗いて減退した。依頼書を奪い合う冒険者達が、餌《えさ》を求める池の鯉《こい》みたいで怖かった。あれに混ざったら、俺は潰れる。ちょっと後で来よう。

とりあえず、開いている店でも覗こうかな。

まず武器屋。値段はピンキリで非常に迷う。なんかやたら都合のいい謳《うた》い文句が、逆に不安を誘う。やっぱりギルドの購買で買おうかな。

防具屋。俺のサイズがないという事実。オーダーメイドとか無理です。

魔道具屋。昨日見たコンロがあった。安い小さいので銀貨三枚だった。思ったより買える値段だった。これは買いだな。……今日の成果にもよるけど。あと簡易結界とか、ルーペ、冷やす箱とかもあった。楽しい。

服屋。基本、平民は古着を買う。既製品はあるけど、結構する。まだ服には困ってないので、値段を見るだけ。

薬屋。初級回復薬は、大銅貨三枚。三百円くらい。素人でも実は作れる。前世の栄養ドリンク的飲み物。俺も一日の終わりに、グビッとする。風邪の予防にもなるし、何なら虫歯の予防もできる。簡易創薬キットがあった。これも買いだ。

ほどよく時間を潰し、ギルドに戻る。人はだいぶ減っていた。今日は街の外に出ようと思う。慣れるまではと思ってたけど、旨い肉が食いたい。あと薬草と、スパイス的な何かを採取したい。

薬草採取の依頼はあった。常時依頼なので、わざわざ依頼書を取らなくても、薬草を提出すればオーケーのようだ。Ｆランクで森の外周部での採取依頼は二つあった。

「リドリス草、ミツの実」

リドリス草は腹痛に効く薬草だ。食用には向かない。ミツの実は、その名のごとく甘い。樹上になる小さな実なので採るのは大変だ。まぁ俺は採れますけど。

まだこの周囲の状況を知らない。元いたところなら、二つ受けても一日で採取しきれる自信がある。でもここにはあまり生えてないのかもしれないし、欲張るのも禁物だ。

締切の期日が長い方の、ミツの実の依頼書を取った。

「すいません。これお願いします」

「はい。確認しますね」

冒険者登録してくれたお姉さんだった。昨日のチンピラいないだろうな。

「十個で一組です。あるだけ買い取りますので、頑張ってきてくださいね」

黒い板にピッとして受付終了。

「あの、他の依頼書の物も採ってきたら、依頼達成になりますか？　それとも買い取りだけですか？」

「数が揃っていれば、帰ってきたときに依頼書とともに提出いただけるとちゃんとポイントになりますよ。一度に受けられる依頼は基本二つですが、達成していれば、追加で受け付けますので」

「なるほど。ありがとうございます。じゃあ、行ってきます」

受付のお姉さんにこやかに送り出してくれた。

おっと、外に出る前に弓を買わないと。今日の依頼を完遂すれば、運が良ければ魔導コンロも買えるかもしれない。肉を獲って焼いて食おう。

地下の購買には、昨日と同じお兄さんがいた。

「こんにちは。昨日の弓ください。赤い方」

「あ、いらっしゃい。弓、ココにあるこれだよね」

彼の足元にそれはあった。なるほど、適当に置いたように見えて、買われそうなものは近くに置いとくのか？　昨日の鎧もそばにある。

「はい。毎度あり。矢はどうする？」

銀貨を渡し、弓を受け取る。自作のものより、少しだけ重い。

「まだ大丈夫です。失くなったらお願いします」

筒に入っていた矢は無事だったからね。

「外に出るのかい？」

昨日と言ってたことが違うじゃないか、と思われたかな。

「薬草採取です。これは保険」

肉獲る用だが、内緒にしとこう。

「気を付けていくんだよ」

「はい。ありがとうございます」

うん。みんな優しいなぁ。あの町での待遇は何だったんだろう。長男かどうかなんて、誰も気にしていない。それとも冒険者にそもそも長子はいないのかな。

南門に向かう。ギルド証を見せるとそれで通過できる。

その前に装備確認。マント、斜め掛けの鞄、自作の鞄、弓と弓矢。腰にはナイフ。鞄の中には回復薬などと、非常食。服とかコップとかその他諸々。これ以上荷物が増えると、宿屋に置いておくことも考えなくちゃならない。いざというときに動けないと死ぬしね。

では出発。

見たことのある金髪が視界に入った。

「おはようございます」

コクシンさんは、街に来た商人の馬車をチェックしている門番を、更にチェックしていた。槍を手にぼんやりと立っている。声を掛けるまで、俺に気付かなかった。

オツカレデスカ？

「ああ、おはよう。今日は外かい？」

「はい。薬草採取です」

「そうか。浅いところでも偶《たま》に魔物は出る。気を付けてな」

「はい。ありがとうございます」

やっぱりぼうっとしてるな。言ってることはマトモだけど。昨日のことかな。流石にあれ以上首は突っ込めないしな。なにもないといいんだけど。

「行ってきます」

ペコリと頭を下げると、少し笑みを浮かべて送り出してくれた。


南門を出て、街壁沿いにぐるっと回って、北門から帰るコースで行こうと思う。西側がすぐ森だから、多分一通り揃うはずだ。ギルドの資料にも書いてあった。

流石にどこにでも生えている薬草、トキイ草。薬効があるのは、天辺の新芽から三枚目までの葉っぱだ。茶摘みに似ている。この辺のはすでに毟られた跡があった。

いや、今日の依頼はミツの実だっけ。

ミツの実は針葉樹っぽい木に生る。クルミくらいのサイズで、固い殻を剥くととろっとした蜜が出てくる。蜂蜜よりかは素朴な味だけど、いいオヤツだ。

周囲を警戒しつつ、まずは木を探す。

あ、トキイ草。これは採れる。えーと、ミツ……あ、あれは肉の臭みを取るのに使うやつ。はっ、こっちはリドリス草、依頼にあったやつ。むむ、ロッカもあるな。おー！　グレイン茸《たけ》。うまいキノコ！

気づけば夢中になって、地面に這いつくばっていた。いかんいかん。まずはミツの実を採取してからだ。

すべて鞄に放り込み、改めてミツの実を探す。

どれほど歩いたか、ようやくお目当ての針葉樹っぽい木を見つけた。見上げると、ポツポツと実が付いているのが見えた。もちろん手は届かない。木に登るか、何かをぶつけて落とすかだ。

ここはいっちょ練習がてら、土魔法でやってみよう。

鳥を落としたときよりだいぶ威力を落とし、かわりに数を撃てるようにする。指先で正確に狙って……と。

ちっ！

なにか舌打ちみたいな音がした。葉を掠《かす》っただけなので外れ。どんどん撃つ。そのうちパシッと枝とくっついている果柄《かへい》を撃ち抜けるようになってきた。ある程度落としたら、回収。これを繰り返す。

「うっ」

頭痛が来た。魔法の練習はここまでだ。

「うーん。もうちょっと欲しいな」

自分用にある程度確保しておきたい。

ということで、別のミツの木を探す。薬草もキノコも実も、取りすぎは良くないからね。

次に見つけた木には、登って採る。つるつるの樹皮の木で、上の方まで枝がないので体一つで登るのは難しい。が、俺にはロープがある！　木を挟むようにロープで足を固定。手の方も同様にして、あとは尺取り虫のごとく登れる。こっちの世界ならではの身体能力がなせる技だ。

わしわし登り枝に着いたら、ロープは命綱代わりに太い枝に括《くく》り付けておく。あとは俺が乗っても大丈夫そうな枝まで動き、採りまくる。

十分採れたら、逆再生して地面に戻る。最後五メートルくらい一気に落ちてビビったけど、怪我はしなかったよ。

よし。依頼完了。あとは肉だな。

いったん壁際まで戻る。コップに水を出して、喉を潤す。ついでに腹を満たそうと、堅パンを取り出す。そこにこれ、ミツの実。ナイフで端っこに穴を開ける。ペキッと割れたら殻をのけ、堅パンの上にとろ～りとかける。

「あんまぁ」

砂糖は高いから、甘味は貴重だ。いや、蜂蜜はあるけど。なかなかに蜂蜜も高かったりする。養蜂してないみたいだしね。

何気にミツの実は日持ちがするから、旅のお供にぴったりだ。加熱できないのが残念だけど。火を入れると成分が変化するのか、苦味になってしまう。

腹が満ちたので、次は狩りだ。また少し奥に入り、気配を探る。ウサギがいいな。鳥でもいい。イノシシクラスが出てくると、手に負えなくなる。あ、でも土壁作れたらいけるかも。

しばらく静かにしていると、かさっかさっとリズムよく音が聞こえた。これは多分ウサギ。弓を構えながら、音の発信源にゆっくり向かう。そういや、新しい弓慣らすの忘れてた。いた。普通のウサギじゃなくて、角のある一角ウサギ、魔物の方だった。まぁ問題ない。突進だけ気を付ければ、同じように狩れる。

しっ！

ぎりぎりと弓を引き、狙いをつけてそっと指を離す。

「ぴぎゃっ」

外れた！　一角ウサギの目の前に矢が刺さってしまった。ぴょんと真上にジャンプした一角ウサギは、ギロリと俺の方を睨んだ。普通なら逃げるのに、魔物は好戦的だ。バネのような後ろ足で、助走もなくこっちにジャンプしてきた。

「土壁！」

盾のような壁をイメージして、魔力を放つ。

どかっ！

一瞬で土の壁が出来上がり、その向こうで鈍い音が響いた。俺の身長より大きな壁が一瞬で現れたのはいいけど、向こうが見えないのが困るな。警戒しつつ、作った壁を土に戻す。ざらざらっと崩れた土に埋もれるように、薄茶色の毛皮があった。動かない。

「ふぅ～」

ちょっと魔力を使いすぎたのか、こめかみの辺りがズキズキする。が、森の中で休憩もしていられない。

土を払い、一角ウサギが死んでいることを確認した。外傷がないから、多分首の骨が折れたんだな。その場で首をかっ切り、血抜きをする。あ、角は回収しないと。血の匂いに他のが寄ってこないとも限らない。内臓もその場で抜いておく。それらを土で埋めて、さっさとその場を後にする。

「ちょっと調子に乗った……」

リリーさんも言っていた。魔法使いは魔力を温存しないといけない。面白くなって、ギリギリまで魔法を撃っちゃってたからな。反省。

ちなみに魔力も体力も、時間経過で回復する。数値では分からないが、感覚的に〝今これくらい〟というのが分かる。だから、常に残量を意識していないといけないのだ。

外壁にもたれて、呼吸が落ち着くのを待った。落ち着いたら、一角ウサギの皮を剥いでいく。肉はブロック肉にして、大きな葉っぱで包んでおいた。防腐作用のある葉で、重宝している。皮はきれいに脂をこそげ落としておく。そういえば皮の買い取りってあったかな。

これにて本日の任務は終了だ。思ったより疲れた。門をくぐるまでが、お仕事でもある。気を引き締めて、もう帰ろう。

とか言いつつ、帰るまでに目に付いた植物を採取している俺だった。反省しろ。

「あれ。コクシンさん」

北門から帰ってくると、そこにはきらびやかな頭があった。私服姿のキラキラ王子が何やらしょぼくれている。俺の声に苦笑いを浮かべた彼は、「やぁ」と呟いた。

「どうしてこっちに？」

朝は南門にいませんでしたっけ？　首を傾げると、うん、と苦々しげに頷いた。

「ちょっと出張だよ。領主がいる街まで」

「え。今からですか？」

日の傾き具合から見て、もう午後三時くらいじゃないだろうか。すぐに日が落ちそうだけど。

「いや、明日早くに発《た》つんだ。今は馬の手配とかをしている」

「へぇ。大変ですね」

いや、領主のところに何しに行くんだ、この人。仮にも部隊長が一人で移動予定って。聞きたいような聞きたくないような。

「気を付けて行ってきてくださいね」

結局無難な言葉しか出なかった。彼が決めたのなら、俺が何を言っても無駄だろう。

街の中の雰囲気は、何一つ変わってはいなかった。対応してくれた門番も、のんびりしている。そりゃそうだろう。大きな後ろ盾でもなければ、告発するには相手が大きすぎる。彼の味方は、どれくらいいるのだろうか。

コクシンさんと別れ、冒険者ギルドまで戻ってきた。カウンターに歩み寄ると、今日は受付に男の人がいた。ツリ目の若い男だった。今日採ってきた物を確認しながら依頼書を追加で取る。それを持って彼のところに持っていく。

あ、ちょっと待って。踏み台がない。キョロっと探すと、カウンターの端に置いてあった。よいしょ。改めてお願いします。

「ぐふっ。こんにちはっ。報告ですか?」

笑われた。いや、フルフル震えるぐらいなら、大笑いしてくれていいんですよ。

「はい。ミツの実の依頼です。あと薬草採ってきたので、こっちもお願いします」

鞄から実が入った袋を取り出す。五十個入っている。あとトキイ草、上の葉から三枚を千切らずそのまま茎ごと四十本提出。リドリス草、葉っぱで二十枚提出。

一角ウサギは依頼になかった。

「たくさん採ってきたね。じゃあ、確認するからちょっと待っててくれるかな」

「はーい」

コロコロと実を数え始める受付の人。あ、この人獣人だ。頭の上に耳がピコっと付いていた。

「五十個だね。ココに冒険者証かざしてね」

黒い板にピッとな。これで依頼完了。

「あとはまとめて処理するから、もう一回かざしてくれる?」

「はーい」

なにかの処理をしている。こっちからは見えないけど、パソコン的なナニカなのかな。ここだけハイテクだ。

「えーと、トキイ草。葉っぱだけでいいんだよ？」

「え？」

キョトンと見返した俺を、受付さんも不思議そうに見返してくる。

「あれ、でも、上から三枚しか薬効ないから、こうやって分かりやすいように採って来いって、ばぁちゃんに……」

教えられたんだけどなぁ。

「ああ。間違ってないよ」

不意に頭上から声が降ってきた。振り仰ぐと痩せぎすの目の鋭い男の顔があった。白い顎髭が生えている。

「ロンドさん、そうなんですか？」

受付さんの問に、おじいさんが「うむ」と頷く。

「依頼書にもそう書いておいたのだがな、最初の方は。誰も彼もそれを読まんと葉だけ持ってくるんで、ギルドが選別できずに困ってな。話し合ってその一文消しちまったんだ。まぁ下の葉でも作れんことはないからな」

へぇ、そうなんだ。

「俺達からすれば、ボウズみたいに丁寧に採ってきてくれたほうが手間がなくていいんだがな。いい人に教えてもらったな！」

わははは！　と俺の頭を撫ぜる、おじいさんは機嫌が良さそうだ。っていうか、この人どなた？

「うちのギルドにも回復薬とか卸してもらってる、薬師の方ですよ。時折こうやって、買い取りした薬草とか受け取りに来るんです」

受付さんが説明してくれた。ばぁちゃんとご同業の方でしたか。

「リドリスの葉も虫食いのないキレイなものだ。お前はいい冒険者になれるぞ！　腕ばっかり立って、トキイ草の見分けもできんやつも多いからなぁ」

なにやら褒められた。薬になるんだからきれいなのを納めるのは当然だよね。魔力でゴリ押しできるとはいえ、いざという時効きが悪かったら、最悪死だ。自分でも作るからこそ、その辺は気を使っている。

俺が採ってきた薬草を、おじいさんは少し色を付けて買い取ってくれた。

「はい。これで処理は終わりました。お疲れさまです。こちらは今日の報酬金ですよ。内訳はこちらの紙に」

「うぉぉ。ありがとうございます！」

昨日の小さな〝ちゃりっ〟って音じゃない。〝じゃらっ〟と音をさせて置かれた布袋に期待が膨らむ。一枚一枚数え、紙に書かれた金額と間違いがないかを確認。そのうち受け取ってそのまま懐に突っ込んだりするんだろうか。まだお金をもらうってことに慣れない。

「ありましたか？」

目の前で数えていた俺を、受付のお兄さんが微笑ましそうに見ていた。恥ずかしっ。

「あ、ありました。ちゃんと！　ありがとうございました！」

ペコリと頭を下げ、ちゃんと踏み台を片付けてからギルドを飛び出る。目の前で数えるとか失礼なことしちゃった。いや、取引としては当たり前なのかな。今度こそっと聞いてみよう。

あ。一角ウサギの角と皮どうしよう。明日でいいか。

今はそれより買い物だ！　コンロ買って、創薬もしよう。野菜と鍋を買って、調味料も欲しい。荷物増えるけど大丈夫かな。とりあえず美味いもの食べてから考えよう。

◆◆◆

楽しい楽しいご飯の時間ですよ。

まずは瓦を用意します。

いや、鍋にしようと思ってたのに、鍋を買い忘れた。しょうがないので焼肉に変更。鉄網とかないし、鉄板もない。じゃあ溶岩プレートなんてどうだろうと、土魔法で作ってみた。なんか前世の記憶でそういうのがあったのでね。

できたのがどう見ても瓦です。

まぁいい。肉が焼ければいいのだ。

ちょっと奮発して買った魔導コンロの上に載せ、火を付ける。ちょうどカセットコンロサイズ。

鞄を圧迫するけど、気にしなーい。

一角ウサギの脂身をグリグリ塗りたくる。じゅわわわ……と、もうそれだけでいい匂いがする。瓦も割れなさそうだ。お皿は未だに作れないのになぁ。

小さめに切った野菜を載せる。肉は大事だけど、野菜も大事。この世界〝栄養〟なんて言葉はないけど、本能的にバランスよく食べようという意識はある。野菜は塩味でいいや。ぱらぱらり。

さて本命の肉だよ。葉っぱの上で、臭み消しのスパイスと塩でコネコネしといたから、あとは焼くだけ。

じゃわわわー‼

熱々の瓦の上で肉が踊る。もう堪《たま》んないね。周りの人がこっちを見てるけど、気にしたら負けだ。自作の箸でひっくり返す。箸、便利。トングが欲しいな。

どうですかね。もういいですかね。お腹が脂を欲してますよ！　乾いた喉を水で潤し、さぁ、いただきます！

「ふぉぉぉ」

遠火でじっくりもいいけど、強火で一気に焼き上げるのもいい！　弾力のある一角ウサギ肉は、臭みもなくほのかなスパイスと塩味が次を要求する。こりゃ美味い。モグモグクピっモグモグぷはー！

野菜も美味しい。ジャガイモっぽい芋と、人参っぽい根菜。あと、シャキシャキの葉物。どれも名前を知らない。故郷じゃ麦ばっか作ってたからな。

「な、なぁ」

肉に舌鼓をうっていたら、話し掛けられた。昨日親切に教えてくれた、赤い髪の人だ。

「ふぁい？」

「少し分けてくれねぇか？　いや、ただでとは言わねぇぞ？　といっても、大したもんは持ってないんだが」

じゅるりと目は瓦の上に釘付《くぎづ》けである。デジャヴュだな。まぁ人のいるところですれば、こうなるか。

余ったら朝食にしようと思ってたんだけどな。

「えと、いいですよ」

差し出された木皿に、ヒョイヒョイと肉と野菜を入れてあげる。

「変わった道具だな」

「？　あ、箸ですか？　故郷で使ってたんです」

嘘です。

赤髪の男は「ふーん」と相槌《あいづち》を打ちながら、自分の皿の肉にフォークを刺した。二又のフォークだ。ふんふんと匂いを嗅いでから、パクリと口に運ぶ。

「うぉぉ」

もぎゅもぎゅする顔がぱあっと笑顔になった。二個三個と口に入れ、俺の手を掴んでブンブン振る。昨日からそうだけど、人懐っこい人だなぁ。

「美味いな、これ！　屋台の肉より食いやすいっていうか、脂がすごい！」

うん。臭みがない分、噛み締められるからねぇ。喜んでもらえて嬉しいよ。もうちょっと食べるかい？

お返しだとくれたのは、魔石だった。

「いいんですか？」

魔石ってお金になるんだよね？　そう思ったところで、はっと気付いた。一角ウサギの魔石取るの忘れた。魔物だから魔石持ってたはずなのに、多分内臓と一緒にぽいしちゃったや。

「構わないよ。これだとその魔導コンロに使えるだろ」

「おー」

そう。魔導コンロには魔石が内蔵されている。使うと魔石は磨り減るので、定期的に取り替えないといけないと説明を受けた。この魔石が、買うと結構かかる。そのうち自分で取れるだろうと、高を括っていたのだが。

「火属性の魔石だから、火力も上がるはずだ」

「火力……え？　魔石って属性あるんですか！」

思わず立ち上がった俺を、びっくりしたように赤髪の男が見た。

「え、お、おう。もちろんない魔石のが多い。ただ魔法を使う魔物は、その属性の魔石を持っていることがある。水を出す魔導具には水の魔石、コンロには火の魔石、って感じで使うと効果が高まるんだ」

「ふぉぉ！　なるほどぉ。でも魔法使うってことは、魔物も強いんですよね？」

「まぁそうだなぁ」

一角ウサギの突進ですら危うい俺じゃあ、倒せるのはいつになることやら。まぁ魔物をバッサバッサ倒していくタイプの冒険者になるつもりはないけど。

「……じゃあ、これも結構な値がするんじゃ」

手の中にはきれいな赤色の魔石がある。大人の手で握り込めるくらいのサイズだが、正直自前の焼肉とじゃあ釣り合わないような気がする。

「いや、気にするな。言い出したのは俺だ。素直に受け取っておけ」

男はそう言ってカラカラと笑った。「その気になればいくらでも取れる」とも。やべぇ。この人本当は高ランクなんじゃぁ。ここにいるのって、宿代も払いたくないっていう低ランクばっかりだと思ってた。

「えと、じゃあ、ありがたくもらっておきます。ありがとうございます」

「いいってことよ！」と、男はご機嫌に自分のテントに帰っていった。またお隣さんだった。すぐに出てきて、反対隣のグループと酒盛りを始める。コミュ強の鬼か。

一旦落ち着こう。

座って残りの野菜を平らげた。朝ご飯が残らなかったけど、それよりいい物と情報が得られた。脂を吸い込んだ瓦は、一応洗っておいた。ヒビも入ってないしまだ使えるだろうけど、また作ればいい。これゴミになるのかな。土に還していいのか？　そう考えつつ、判断は明日することにした。先送りともいう。

口の中をゆすぎ、カップの中に薬草茶を作る。それをまったりと飲みながら、今日の反省を行なった。得られた情報もまとめ、メモに書き出す。

うむ。いろいろあったが、今日は総じて実り多き一日だった。明日も頑張ろう。

雑談からの思わぬ展開

Reito no yuru-i Tensei seikatsu

朝。あれだけ肉を食べても、胃もたれしない健康な体って素敵。

洗って立て掛けておいた瓦が、行方不明になっていた。処分方法を考えずに済んだ、ということにしておこう。


さて、今日はなんの依頼を受けようか。疲れてはいないけど、今日は街中の仕事にしよう。昨日の混み具合を考慮し、朝食をゆっくり取ることで時間を潰した。

「はい。ではこちらが地図です。お気を付けて行ってらっしゃいませ」

今日の仕事は、溝《どぶ》掃除です。

雑用依頼は、やっぱり受ける人が少ないらしい。期限間際の依頼があったので、受けてみた。価格は安め。多分重労働だろうし、割に合わない。それでも受けたのは、何事も経験と思ったからだ。

前世の俺も経験者のようだし。町内会の溝掃除、年に何回かやったな。

渡された地図を片手に、着いたのは普通の民家だった。見たところ、家の左右に水路が走っている。泥と枯れ葉が積もっていた。

チャイムはないので、玄関に向かって「すいませーん」と声を掛けてみる。ややして、四十代くらいの男の人が出てきた。杖を突いていて、片足を引き摺っていた。

「こんにちは。冒険者ギルドから来ました。溝掃除の依頼は、こちらで良かったですか？」

「ああ！　ようやく来てくれたんだね」

依頼主さんでいいようだ。

「いや、この足だろう？　なかなか自分じゃできなくてね。大雨になる前に何とかしたかったんだ」

なるほど。溢れたり詰まったりすると、近隣住民も困るよね。

依頼内容は、左右の溝をきれいにすること。泥やゴミは街外れのゴミ捨て場に持っていくこと。終わったら声を掛けて、サインをもらう。

いや、思ったより大変そうだ。しかも道具がない。手でするの？　魔法で？　ついでにゴミ捨て場までの往復が地味にしんどそう。

「……君一人で大丈夫かい？」

そりゃ、ちっこいのが一人で来たら戸惑うよね。

とりあえず、ゴミ捨て場までの道のりを教えてもらった。棒かなんか拾ってこよう。っていうか、スコップとか貸し出してくれないのかよ。

いつもどうしているのか聞いたら、ザルで掬《すく》って掻き出すと言われた。ザルなら貸すよと言われたが、保留しておいた。腰が死ぬ未来しか見えない。

ゴミ捨て場までは四百メートルほどだった。

ゴミの山に、スライムが纏《まと》わりついている。十数匹がうごうごとゴミを食べるお仕事をしていた。環境に優しいスライムは、食べたものを肥料に変換する。餌がいつもあるので、テイムしていなくてもスライムは逃げないらしい。まぁたまに子供がちょっかいかけて、取り込まれそうになる事案が発生するみたいだけど。

スライムを横目に、なにか使えるものがないかと物色する。途中で柄がポッキリ折れた鍬《くわ》を見つけた。うん。これは使えそうだ。刃の方も錆《さ》びてボロボロだけど、問題なし。

あと、泥の運搬をどうするか。工事現場とかで見る猫車が欲しいけど、もちろんない。適当に箱を作って引きずるか。ソリみたいな？　うん、無理。ザル……ザルか。穴の空いたザルがあったので、それを二つ拝借する。それと長い棒。ロープは自分のを使うか。

依頼人の家に戻り、サクッと工作。

錆びた鍬の刃に纏わせるように、土魔法でぐにー。はい。幅広の刃が出来上がりました。ジョレンというやつですな。柄も土で継ぎ足しておく。

では実践。

溝を跨いで……俺がやると股裂き寸前だ。こりゃいかん。溝の傍から、ジョレンで掻き出すことにした。水分を含んだ泥は重い。幸い水深はそんなに深くはない。じゃりじゃりーどさーを繰り返すと、泥の山が道路の上にできていった。移動しては掻き出すを繰り返す。

「ふひー」

もう腰が痛いんですが。明日絶対筋肉痛だわ、これ。

「ご苦労さま。見慣れない道具を使ってるね」

心配してか、依頼主さんが出てきた。オヤツ食べない？　と、剥いたミカンみたいなのを差し出してくる。汚れている手を見ると、笑って「あーん」してくれた。甘酸っぱい果汁に思わず喉がきゅーっと鳴った。二個三個と口に放り込んでくれる。

「ご馳走《ちそう》さまでした」

喉の乾きも癒せて、いい休憩になった。

再びホリホリしていくのを、興味深そうに眺めている。面白いですかね？

「……ん？」

ごりっと、なにか固いものが引っかかった。掬い上げると、白い頭蓋骨が泥の中から出てきた。

「ひっ……」

覗き込んだ依頼主さんが、引きつった声を上げて仰け反《のぞ》った。俺も一瞬心臓が跳ねた。が。

「大丈夫ですよ。多分これ、イタチか何かの骨ですよ」

人骨にしては小さいし、牙がある。動物だからいいというわけでもないけど、とりあえず事件ではないはずだ。ほっとしたように彼は肩を落とした。

「イタチ……なるほど。よく分かるね」

「そこはほら、俺も冒険者ですし、解体は何度かしたことあるので」

イタチはしたことないけど、大きさ的にそんなんじゃないかな。子猫か子犬か……。周囲から他に骨は出なかったので、たまたまどっかから流れてきたんだろう。

安心して依頼主さんは家に戻っていった。

俺はまだホリホリを続ける。片側が終わり、もう片方も一気にやってしまう。休憩すると動けなくなるやつ。腰と腕が死ぬ。あ。ポーションって疲労にも効くのかな？　ぐびっ。うーん、微妙。筋肉痛には効くようだ。ダルさは取れない。

ようやく両側の溝がキレイになった。

次の工作、いってみよう。

まず穴の空いたザルを、肉包み用に持っていた大きな葉っぱで塞ぐ。丈夫だし大丈夫だろう。ザルの縁三箇所にロープを括り付け、それをもう一つにもして、ロープを長い棒の端と端に括り付ける。

まぁつまりは江戸時代とかの映像で見た天秤《てんびん》というやつだね。アジア圏だと今でも使っているだろうか。

湿っている泥は重い。でも乾燥の魔法は使えない。火で炙っても無理そう。土魔法で水抜けるか？　むむむ。……うん、無理そう。でも完全にできないという感覚ではないから、修練すれば使えるかも。

しょうがないのでジョレンで掬って……うん？　泥の移動だけなら……できました！　こう空中でまとめる感じで持ち上げたら、もりっと手に触れずに泥の塊が動いた。

せっせとザルに盛り、棒を肩にかけて、んぎぎぎ。重すぎるので減らす。担ぐ。うん。これなら行けそう。泥をこぼさないように、最初はゆっくり、慣れると結構なスピードで往復できた。

よし、全部ゴミ捨て場に移動できた。頭蓋骨はなんとなく土に埋めておいた。掻き出した泥のあとは、水で流してキレイにしておく。乾くと泥が汚らしいからね。

どんなもんでしょう?

依頼人さんにドヤッて見せる。すごく喜んでくれた。ありがとうとお土産とチップまでもらった。いやお金は……と辞退したんだけど、いい笑顔で押し切られた。

なにはともあれ、依頼完了です。

今日は宿屋に泊まろうかな……。

◆◆◆

翌日、案の定筋肉痛が苛《さいな》んできた。寝る前に回復薬飲んだし、宿のベッドで寝たのに。今日一日ゴロゴロしてたい。でも一泊分しかお金払ってないし、お腹も空いた。

ぎこちないロボットのように階段を降りて、朝食をとった。

宿を出て、今日はブラブラすることにする。休みも必要だ。と言いつつ、娯楽がないのですることがない。結局冒険者ギルドに行って、ぼんやり人間観察することにした。

やっぱり剣を持っている人が多い。今いるのは、余裕がある人達なんだろう。依頼を取り合わなくても、仕事に就ける人だ。装備も充実している。

俺も革鎧ぐらいは買わないといけない。あと、強い弓を引きたいから弓懸もほしい。靴もそのうちサイズが合わなくなるだろう。

お金はいくらあっても足りないなぁ。

かといって、危険な依頼を受ける気もないけど。

「あれ。今日は見学ですか？」

ボーっとしていたら、職員さんに声を掛けられた。この間のツリ目の獣人の受付してた人だ。

「あ、はい。昨日疲れちゃって」

苦笑すると、「ああ、聞いてますよ」と職員さんも苦笑を返してきた。

「ヨロヨロと君が入ってきたもんで、すわ何事か！　と緊張が走ったとかなんとか。いや、見れなくて残念でした」

「……あははは」

そんなことになってたのか。ざわめいているなとは思ったけど、疲れててそれどころじゃなかった。そういえば、思い出した。

「あの、昨日依頼主さんにお礼だって報酬金とは別に、お金を少し渡されてしまったんですけど、もらってきてよかったんですか？」

恐る恐る聞いてみる。規約違反だと言われたらどうしよう。

「ああ。少額なら問題ないですよ。もちろん冒険者側から要求するのは、アウトですが。あと、追加で仕事を要求されることもありますが、ギルドを通していない依頼は関与できないので、詐欺などに注意してくださいね」

「ふぉぉ。なるほど。気を付けます」

そういうこともあるのか。ついでにこっちもしてよとか言われたら、断りにくそうだけど、仕事だもんね。溝掃除の依頼主さんは優しそうだったけど、追加の仕事が実は犯罪まがいのものだったとか、洒落にならない。

「ふふ。その様子じゃ、しばらく溝掃除は受けてくれなさそうですか。好評だったんで、期待の声があったんですが」

「う。うーん。もう道具もないし……」

「？　道具ですか？　そういえば、なにか変わったものを使っていたって報告があったね」

いや、怖いな。情報網どうなってんだ。ビビると、どうも天秤を担いで行ったり来たりしている俺が、目立っていたらしい。まじか。

実は今朝、ゴミ捨て場を見に行ったのだ。昨日仕事終わり、スライムに食べられないようゴミ捨て場の端の方に置いてきたのだが、二つともなくなっていた。

誰かが持っていったのか、スライムが出張してきて平らげたのか。

それを話すと、フムと彼は頷いた。

「そういう道具があれば、もっと依頼を受けてくれるんでしょうか」

「どうでしょうね。少なくともザルよりかは効率上がると思いますけど。この街なら常時溝掃除の依頼ありそうだし、ギルドで貸し出したらいいいんじゃないいんですか」

「ギルドで？」

目をキランっとさせて、職員さんが詰め寄ってくる。

「え、ええ。冒険者は荷物になるもの持たないし、依頼する各家で用意するのも負担だろうし、いや、安く作ってもらえれば、それこそ各家に常備しといてもいいんだけど」

溝が周りにある家なら、依頼するにしろ自分でするにしろ、便利な道具は常備していていいと思う。

大きくギルド所有と彫っとけば、借りパクもないだろう。

ギルドも依頼主も冒険者も、いい事尽くめだ。

「ふむふむ。ちょっと上と話してきていいですか？」

あれ。話大きくなってきた？

「いや、勝手に進めてください」

「そういうわけには行きませんよ。アイデア料は払います。道具の制作にも付き合っていただきたいですし、ちゃんと依頼という形でお願いします」

「ふぁい……」

圧が凄い。そんなに依頼滞って困ってたのかな。まぁ俺も一回すればもう勘弁してくださいってなったもんな。下手な討伐よりしんどいかも知れん。

獣人の職員さん、ヘリーさんというらしい。ヘリーさんがお話ししている間、俺は地下の購買を覗くことにした。

「こんにちは」

「いらっしゃい」

店番はこの間と同じ、眠そうなお兄さんだった。ついでといってはなんだけど、名前を聞いてみた。ハリーさんというらしい。

「あれ、さっきの職員さんと似た名前ですね」

「ん？　ああ、ヘリーと面識があるのか。弟だよ」

「んえええー？」

いきなり衝撃の……いやそうでもないか、事実が明かされた。兄弟って、あれ、耳……。

俺の視線が頭上を彷徨《さまよ》ったのに気付いたのか、ハリーさんは苦笑した。頭に手を当てて、髪をぺちゃんとさせる。するとそこにピコンと耳があるのが分かった。

「普段は髪で見えないみたいだね。別に隠しているわけじゃないよ」

確かにハリーさんはふわっとした髪質だから、隠れちゃってたんだなぁ。そう思いながら改めて見てみると、目付き以外は似ている気がした。

ついでに失礼を承知で、なんの獣人なのかを聞いてみた。

「クマだよ。よく見えないって言われる」

「クマ！」

大きくもないしモッサリもしてない、丸っこくもないけど、クマなのか。

よく勘違いされるけど、と説明してくれた。そもそも獣人は獣の能力を引き継いではいるものの、体格は普人（普通の人間）よりなんだとか。なので、ネズミだから小さいとか、トラだから肉しか食べない……みたいなことはないらしい。

そういうもんなのか。ちょっと変な期待をしていたようだ。ちなみに、耳や尻尾を不用意に触るのはやっぱりアウトらしい。まぁでも普通の人でもいきなり耳触られたらアウトだよね。

勉強になったところで、ヘリーさんが降りてきた。昼食がてら話をしようということになった。

面白そうだと、ハリーさんも付いてくることになった。店番は？　と思ったら、普通にドアを締めて鍵をかけていた。


実際道具を作ってみよう！　ということで、ハリーさん馴染みの金物屋にやってきた。

ジョレンはクワをちょこっと変形させただけで作れる。何なら水抜きの穴を開けてもいい。錆びにくくて安い素材でお願いします。

天秤は肩にかかる棒を工夫してほしい。あと、左右のバランス大事。ザルじゃなくて籠《かご》でも使える。

とかいうのを、もう捨てるというガラクタで作ってみせる。土魔法でぐにーっとするのを驚かれた。固形の土を出すのしか見たことないらしい。

「レンガを作ったことはあるけど、こんな風に魔法を使うなんて……」

金物屋にいた土魔法を使える人が、まじまじと俺の作った皿もどきを見ている。まだ薄くはできないし、表面もざらついているので実用には向かない。

「要は土を扱うんだから、泥でも石でも砂でも出せると思うんだけど」

ところで土魔法というのは、そのへんの土を掻き集めているのか、無から生まれているのか、という疑問があった。答えはどっちもだった。外で土があればそこから引き寄せるし、室内で土がないと土そのものを生み出す。なのでプロセスの多い室内のほうが、魔力消費が多い。

「砂も出せるのかい？」

「うーん、理屈としては出せるはず」

砂はそういえばまだ出したことがないな。

手のひらの上に力を集めて、砂、……砂漠、いや砂丘の方がイメージしやすいな。前世で鳥取《とっとり》砂丘《さきゅう》の砂なら触ったことあったし。さらさらのー砂！

ざらーー。

手から黄土色の乾いた砂がこぼれ落ちた。

「あ。すいません、散らかしちゃった」

「あーいや、それはいい。それよりこれはどこの砂だ？　赤土か？」

金物屋の親方が不思議そうにこぼれた砂に指を通している。あー、砂場の黒っぽい砂のほうが良かった？　そのへんよく分からん。

「現物見ながら出せば、同じようなのが出せるかも」

「いくらでも出せるのか？」

ギラリと目が輝く。

「まさか。限界はありますよ。それに、同じ性質を持っているかは知らないし」

レンガを作ったことがあるという店員に目をやると、う～んと腕組みをした。

「人によるとしか言いようがないね。脆《もろ》くて使えなかったり、時間が立つと消えてしまう人もいたよ」

「そうなんですね」

そもそも教えているところがないので、他の人がどれくらい使えるのかも、みんな知らない。そんで、近くの人の魔法を参考にするから、魔法＝残らない現象になる。火魔法を見て学べば、土魔法も消滅してしまうのかもしれない。のかな？

「まぁまぁ。魔法のことはさておいて、このジョレンとやらは作れそうですか？」

ヘリーさんが話を戻す。親方は「んむ」と頷いた。

「こっちは問題ない。鋳潰した鉄でも作れるから、価格は抑えられるだろう。天秤とやらは作ってみんと分からんが、強度はどうなんだ？」

「材質によるとしか。うーん。どうせなら猫車の方が便利かなぁ」

首を傾げながら呟くと、「それはどういったものですか！」と肩を掴まれた。ハリーさんに。

ハリーさん、購買担当だけあってか道具に興味津々だ。

紙に、コレコレこんな感じの人力荷車だよ、と説明する。

「へぇ。引っ張るんじゃなくて押すのか」

「これ普通の四角い箱じゃだめなのか？」

親方も興味を示してきた。いや、うーん、どうなんだろう。狭い道でも運べるようにあのサイズなんだろうけど、形の理屈は知らない。

とりあえず作ってみようじゃないかとなった。

昼休憩を過ぎて、一旦ハリーさんとヘリーさんがギルドに戻っていった。夕方また来るというので、俺はこのまま説明係として残る。

ガンゴンと鉄板を伸ばしていく。

この世界の製鉄技術とか、鍛治技術はどれくらいなんだろうな。前の世界のもよく知らんから、分からんな。

そういえば『鍛治』のスキルがあるんだっけ。どのへんをフォローしてるんだろう。

そして出来上がった、俺の絵に酷似した猫車。いや、早いな！　俺の「こんな感じの」というふわっとした説明でよく作れたな！

では実践。

持ち手を持って、押してみる。親方が。俺だと身長の関係で無理があるのでね。

「おぉ～」

車輪一つでちゃんと動く。木の車輪にカエルの革を巻いたものだ。やっぱり衝撃吸収は大事。手を離すと、ちゃんと三点で立つ。手で押しても、グラグラしない。

次は物を載せてみる。いきなり鉄の塊とか積んだ。

「軽い軽い」

どんどん物を積む。山になったところでバランスを崩して横倒しになってしまった。

「積みすぎですよ」

「うむ。そのようだ。しかし手で一つ一つ運ぶより、随分楽になるな。小回りも利きそうだ。バランスを取るのに慣れは必要だが、これは売れるぞ！」

ということで、売り出すことになった。はやっ。

親方と店員は、改良点や材料をどうするかと話し込んでいる。まぁ下手にバキッといくと、怪我をするからね。荷重がかかる箇所をチェックし、どんな素材がいいか検討していく。ファンタジー素材が使える分、面白いものができるんじゃないかな。

そんなことをしていたら、ギルドの二人がやってきた。出来上がった猫車を見て感嘆していた。ヘリーさんが依頼書に手を加えて、これ分のお金も出してくれることになった。この世界に著作権とか特許権とかないので、初めにくれる分だけになる。それでも結構な収入だけど。

出来上がったジョレンとかを、いくつかギルドに置くようにする。メンテナンス込みで、金物屋からのレンタルということになった。又貸しになる形だが、保全を考えたらいいんじゃないだろうか。

「また面白いもの考えたら、来いよ」と上機嫌で親方に見送られ、一旦ギルドに向かった。ヘリーさんが作ってくれた依頼の受理と報告を行う。布袋に入ったお金をもらった。中身が金貨だ。何気に初めて見たかもしれない。

嬉しくてハリーさんの元へ向かった。防具を買おう。

胸当てと小手、すね当ての革鎧のセットだ。

ついでに魔法鞄があるのか聞いてみた。ものが物だから金庫にあるのだとか。金貨百五十枚とか言われた。遠い道のりだ。

ダンジョンで見付けるのと、金貨を貯めるの、どちらが現実味があるだろうか。

コクシンの憂鬱

Reito no yuru-i Tensei seikatsu

私は孤児だった。物心ついた頃には孤児院にいて、小さな子達の面倒を見つつ働いた。

街を守る衛兵に憧れた。一度だけ見たことのある、白い金ピカの鎧を着た騎士よりも、門を守る衛兵のがすごく見えた。

平民で孤児には難しいと言われたが、勉強や剣の稽古を頑張った。

七歳の成人の日。スキルを授かった。『剣術』と『馬術』。それに『風魔法』も使えるようになった。

研鑽《けんさん》を重ね、衛兵になれた。嬉しかった。これで私も守る人間になれたと。

軋轢《あつれき》はあった。それでも、誇りがあった。

第三部隊長になれた。内実は平民を集めた雑用部隊だった。なんのための研鑽だったのかと、少し悲しくなった。

流れが変わったのは、代官が変わってからだった。

緊急時でないと使えないはずの高速馬車を使う。配給の装備品や食料の質が落ちた。シフトの偏りがある。進言すると、上の考えることだとけんもほろろ。

これでいいのかと悩んだ。これが私の憧れた衛兵なのかと。けれどどうすればいいのかも分からない。

そんな時、不思議な子供に出会った。

青みがかった黒髪、同じ色の大きな目。小さな体をスッポリとマントで覆い、手紙を手にウロウロしていた。冒険者だとまっすぐに私を見上げる。歳の割に大人びた口調だった。私の疑念を、彼も悟っているようだった。

封蝋のことを聞き、商会で見聞きした上で、知らぬふりをしといたほうが利口だと、言われた気がした。

この街のためにも、あってはならないことだと、進言しようとして途方にくれた。上に倣《なら》えで、平民の同僚でさえ耳をふさぐ有様だった。

ならばさらに上の人間に進言してみようと街を発つことに決めた。出発直前、あの子供に出会った。複雑そうな顔をしていて、私が何をしに行くのか、理解しているのだと思った。聡《さと》い子だ。


私の行動は、なんにもならなかった。

些細な罪をでっちあげられ、牢に入れられた。一日で出されると、衛兵の身分が剥奪されていた。退職金だと、金貨が詰まった袋を渡された。命が惜しければ、さっさとこの領から出ていくことだと。口止め料だった。

生きて帰れることを喜ぶべきだと思った。けれど、すべてを否定されたこの私が、帰ってどうなるのかと途方にくれた。帰る場所すらもうなくなるのだ。

ふと、あの子供のことが頭に浮かんだ。

彼はこんな私になんと言うだろうか。呆れるだろうか、同情するだろうか。彼が私の立場だったら、どうするのだろうか。

彼に会いに行こう。

少し、道が見えた気がした。

凸凹コンビの誕生です

宿でまったりしていると、「お客さんだよ」と宿の人に呼ばれた。今日は依頼を休んでいる。金物屋の人かな？　と思いながら階下に下りた。

見覚えのある金髪王子がいた。数日で一気に縮んだ気がする。心なしか金髪もくすんでいるように見えた。

うわ～声掛けたくなーい。

まぁそういうわけにもいかない。近付き、「こんにちは。帰ってきてたんですね」と声を掛ける。

コクシンさんが顔を上げる。クマができ、目はなんだか虚ろだ。これ、アカンやつぅ。し、死んじゃわないいっ？　ってか俺に何を言いに来たのかなっ。

「うん。さっきね」

声は、いい声のままだ。でもなんかしゃべり方が……。

「今日は私服なんですね」

鎧のイメージが強かったからそう言ったんだけど、コクシンさんは「ふふっ」となぜか笑った。

「うん。もうずっと、これからは私服だ……」

それって、クビになったってことですか!?　いやちょっと待って、そこで泣きそうな顔しないでっ。慌ててコクシンさんの手首を掴み、半ば引き摺るように部屋へと連れて行く。

「私はっ、これまでなんのために耐えてきたんだろう……！　こんな……。なぁ！　私は間違ったことをしたのかっ⁉」

部屋に着くなり、俺の肩を揺さぶりながら激情をぶち撒《ま》けてきた。ぼたぼたと涙をこぼし、ひとしきり喚くと、跪いて嗚咽《おえつ》を漏らす。俺も一緒にしゃがみ込んで、落ち着くまで頭を撫で続けた。

こういうとき、どうすればいいのか俺は知らない。前世も込みで、人と深い付き合いをしてこなかった。今でさえ、内心「イケメンが台無しだな」なんて考えている。俺は薄情なんだろうか。

「少しは落ち着いた？」

すんすん鼻を鳴らすコクシンさんの前に、お茶が入ったコップを置く。椅子もテーブルもないので、地べたに置いた。なぜか正座しているコクシンさんの正面に、俺も正座。いや、靴履いたままは無理。

「ああ。……情けないところを見せてしまったな。こう、ぶわっと感情が抑えられなかった」

「いいんじゃないですか。適当に発散させないと、心が壊れますよ」

「心か……」

ぎゅっと服の心臓のあたりを握りしめる。

「さっきより少しはマシな顔になりました」

「そうか」

嘘ではない。くたびれてはいるけれど、顔には生気があった。クマと泣き跡で、酷い顔をしてはいるけれども。

「ん。苦いな。何だこれ？」

俺が出したお茶を含み、コクシンさんが顔を顰《しか》める。

「ああ。トキイ草のお茶です。分かりやすく言えば、初級回復薬を作ったあとのカスで入れたお茶ですね」

二番茶とかそんな感じ。飲み慣れると美味しい。脂多めの肉の時とか、口をリセットするのにいい。多少薬効残ってるし。

「回復薬の……。君は、博識なんだな」

「そんなんじゃないですよ。ただのもったいない精神です」

「ふふ。そうか」

コクシンさんは笑った。

「……うまく、いかなかったんですね」

さて。聞かないわけにもいかない。

「うん。衛兵の身分を剥奪されてしまった」

「よく生きて帰ってこれましたね」

「そうだな。口封じするまでもないってことなのかな。ただ、ひと月以内にこの領を出ていけとは言われたよ……」

追放か。部隊長とはいえ、平民だ。この先彼が誰かに漏らしたとして、誰も信じるまい、ってことか。っていうか、上までズブズブだったのかよ！　大丈夫か、この領。

「じゃあ、この街を離れるんですか？」

「ああ。ただ、どうしたものかと思って。私は孤児でね、衛兵になって街を守ることしか考えていなかった。それ以外の生き方を知らない」

たくさん剣を振ってきたんだろう、ゴツゴツした指をギュッと握り込む。

「別に、誰だって最初は初めてですよ。犯罪じゃなければ何をしたっていいんじゃないですか。街を守るなら、冒険者でもいい。商人になって街の人の生活を守るのでもいい。騎士になって、街と言わず国を守るのもいい」

「騎士……」

「この領が駄目なだけで、他ではあなたの才能を買ってくれるかもしれないですよ。まぁ、〝この街〟を守りたいと言うなら……あ、出て行かないといけないんでしたっけ」

それは居住するなということだろうか。それとも今後一切関わるなということかな。どっちもか。

コクシンさんは、難しい顔で考え込んでいる。

急ぐ必要はない。緊迫感ないから、刺客を放たれているとかはないんだろう。というか、全然危険視されていない。面倒な正義感あふれる人がいたから排除した、程度なのかも知れない。

「そういえば、よく俺がここに泊まってるって分かりましたね」

言ったっけ？　いや、コクシンさんと別れたときはまだ外で泊まってたっけ？

「ああ。冒険者ギルドで聞いたら教えてくれたよ」

個人情報ー‼　ダダ漏れかっ。詐欺に注意とか言っておいて。あ、コクシンさんが衛兵だからか。俺事件に巻き込まれてる？　事情聴取ですか？

思考がアホな方へと流れた。

「なにか面白いことをやってたんだってね。特徴を言ったらすぐに通じて教えてくれた」

面白いことってなんだ。ギルドに面白人間として認識されとる。

項垂れる俺を見ながら、笑うコクシンさん。

「冒険者か。楽しそうだな。『剣術』と『風魔法』持っていたら、私でもなれるかな？」

「え、いや、そりゃもちろん！　っていうか、『風魔法』持ってるんだ！」

すげぇ見たい。あれだろ、カマイタチだろ。スパンってぶった斬るのとか、見てみたい。

思わず前のめりの俺。

「私が冒険者になったら、いろいろ教えてくれるかい『先輩』？」

「んへ？」

何言ってんのこの人。俺だって冒険者なりたてだよ。年上の元衛兵が後輩とか、どんな凸凹コンビだよ。俺の小ささが目立つだろうが。あ、あれか、ちょこっと入り口紹介してとかそういうノリの……。

「いや。ペアを組んでほしいというお願いだよ」

なんでやねん‼

「お、俺もなったばっかりだし」

「新人同士でいいじゃないか」

「いやいや、なんで俺？」

「楽しそうだから。聡そうだし、年上に対してちゃんと意見が言える。なにより、私と会話が成立するからね」

どういうことだ？　聞いてみると、容姿の問題だった。変に緊張されたり、女性にキャーキャー言われるだけで会話にならないのだという。

キラキラ王子様にそんな弊害が……。

ちなみに、ずっと気になっていたコクシンさんの一人称。元々「私」だったのだが、キャラに合いすぎる！　と衛兵になったとき「俺」にするように言われたんだって。上司に。新人が上司より上の立場に見られるという珍事のせいで。やっぱり、俺以外にも王子に見えてたんだなぁ。

◆◆◆

はい。というわけで、てるてる坊主とキラキラ王子様という珍コンビが発足しましたよ、と。

いや、マジかー！

ギルドに止めてもらおうと思ったのに、「あ。いんじゃないですか」と、すんなり受け入れられた。なんでもちっこいのが外に出てるのとか、危なっかしかったんだって。元衛兵なら任せられるって、ギルド長からゴーサインが出た。泣いていいですか。

ちっこくないよ！

よいしょ。踏み台常備してくれてて助かる。

◆◆◆

「コクシン。それ違う」

葉っぱを摘もうとした手が止まる。

「ほら、裏に斑点あるだろ？　これはニセウツギ。薬効はないよ」

「え、うーん。じゃあ、こっちは？」

「ウソウツギ。毒があるよ」

「……なんで見分けにくいのが同じところで茂ってるんだ」

コクシンが頭を抱える。それは植物の生存競争だから、どうしようもない。どの薬草にも、大体似て非なるやつがいる。虫に喰われにくくなるとか、逆に喰われることで生存域を広げるとか。

プチプチと葉を毟りながら、「慣れだよ、慣れ」と笑う俺。

コンビになった際、敬語や遠慮はなしにしようということになった。流石に戸惑ったが、コクシンが楽しそうなのでいいことにする。ちなみにコクシン二十一歳だって。十代後半かと思ってたら、もうちょっといってた。一回り以上上とか……。まぁ、先のショックでちょっと幼児化してるところあるから、精神年齢的にはどっこいどっこい。

俺はようやくEランクに上がった。コクシンもEランクだ。元衛兵という実力を鑑みて、Eからということになったらしい。

「採取は難しいな」

それでもコクシンは俺に聞きながらせっせと葉を摘んでいる。年下に教わることに、なんの抵抗もないらしい。偉そうにしたり、知ったか振りをしたりもない。そういうところ、本当にすごいと思う。

「っ、コクシン警戒！」

不意に聞こえた俺達以外の生き物の音に、コクシンは慌てず右手を柄にかけた。周囲を探る。

コクシンも俺も索敵はない。目と音が頼りだ。

「……鹿？」

呟きが聞こえるとともに、俺の目にもそれが捉えられた。

子犬くらいの大きさの小さな鹿だ。ただし、子鹿ではないし豆鹿でもない。

「魔物だよ。すばしっこくて！」

目が合った途端、ダンっと踏み込んできた。頭の、体格の割に立派な角を俺に向けて。それを身をひねることで躱《かわ》し、腰のナイフを抜く。

「すっごい好戦的なんで気を付けて！」

再び俺に向かってきた。いやなんで俺よ⁉

がふっ！

飛び込んできた鹿の頭が、コクシンの剣の鞘《さや》でかち上げられる。ちょっ、それあぶないっ！

角が目の前をぐいんって通った！

俺の焦りはともかく、いいのが一発入った。脳震盪《のうしんとう》を起こしたのか、クラクラしている。

「角は折らないでね。肉は食えるから」

頷き、コクシンが斬りかかる。

ずばぁ‼

「いや、なんで真っ二つぅ⁉」

思わず叫んだ。

あれ？　という顔でコクシンがこっちを見る。

「肉食べるって言ったじゃん」

「だから、切り刻まなかっただろう？」

え、なに。細切れがデフォなの？　怖っ。あなた今まで人間の相手してたんじゃないの？

「流石に人は切り刻まない。基本、魔物は排除対象として学んでいたから……」

まぁそうか。兵士が出張るときは、ちまちま素材取ってられない事態の時だよね。

かりかり困ったようにこめかみを掻くコクシン。悪気ないのは分かるんだが。冒険者は、素材が大事ですよ。あと、肉。こいつの肉は筋張ってるけど、煮込むと美味しいと聞いたことがある。

コクシンに見張りをしてもらいつつ、解体していく。まず、角。これは薬になるし、装飾にもなる。腹から内臓を抜き、血抜きも済ませて埋める。あ、皮も剥いで捨てとこう。はっ、そういや魔石！　掘り返して魔石をゲット。だいたい心臓の近くにある。

「手際がいいな」

「そのうちコクシンにもやってもらうからね。大きい獲物とか、俺無理」

馬乗りになって捌くとか、嫌すぎる。

生活魔法で水を出して、血を洗い流す。

「そういえばコクシンって、風魔法で臭いを散らすとかできる？」

「？　なんだって？」

「だから、こう捌くと血の臭いがするだろ？　それに他の魔物が寄ってくるから、風魔法で散らせないかなって」

「……？」

うん。これは通じてないし、できない感じか。お皿を作ったりしたときも不思議そうにされたけど、俺のは応用ができすぎているらしい。

「風魔法というのは、こういうのだぞ」

コクシンが手の平を突き出す。ぼふんっと音がして、数メートル先の木の皮が弾けた。

「あと、こういうの」

地面に手を向けると、コクシンを中心にした小さな竜巻ができた。草を散らしてすぐに消える。

「ふんふん。それから？」

「……」

え、マジで？　終わり？

衝撃の事実にぽかんとする俺を、憮然《ぶぜん》とした表情でコクシンが睨んでくる。

「……だから、風魔法はあまり人気がない」

いやいや、えー？　カマイタチすらないってこと？　風魔法最強よ？　だいたいこういうのって、自然現象から真似《まね》しようとするんじゃないんだろうか。ないのか？　俺がゲーム脳すぎるってのか？

「えーと、じゃあ、風で、こういう形の刃をイメージした物を飛ばす……感じやってみて。あ、人がいないところに向けてな！」

地面にガリガリと三日月を描く。こっちが向かう先でー薄さはこれぐらいでーと説明していく。やって見せることができればいいのだが、チートじゃない俺には使えない。

「えーと、薄い、風の刃……」

ぶつぶつとイメージをふくらませるコクシン。たぶん、できる。真面目な彼は〝できる訳がない〟とは考えない。たぶん、俺が言うのだからできるはずだと考える。あとは魔力操作の精度か。スキル化はしていないけど、制御できてるからそのうち付くんじゃないのかな。

シュッ！

風が空気を割く音がした。ただ目標とした木にダメージはない。なにか掴んだのか、二度三度頷く。

パシュッ‼　ビシッ！

今度は木に刃傷のようなものがついた。俺の目にも、斬撃のような白い線が飛んでいったのが見えた。

「レイト！」

「うんうん。そんな感じ。コクシンすごいな、これだけでできるようになるとか」

嬉しそうに振り向くコクシン。犬か君は。ないはずの尻尾が見えるぞ。

「もうちょっとスピード上げてみて。俺のイメージ的には、さっきみたいに真っ二つにできるくらいの威力があるはずなんだ」

頷いたコクシンがもう一度構える。と、グラッとその体が揺れて蹲《うずくま》ってしまった。びっくりして駆け寄る。

「コクシン⁉」

「あー、頭割れる……」

「あ、魔力切れか。ゴメン、休憩、いや、依頼の分は摘んだし、もう帰ろう」

新しいことするときって、魔力を多めに食うんだよな。楽しくてつい忘れてたわ。

◆◆◆

レイトの！　二時間半クッキングー‼

いや、長っ。

ちなみのこの世界、時間の単位はもちろん違うけど、面倒なので前世のもので認識している。

もっとも、細かい時間は誰も気にしてないけど。

で、今何をしているかというと、あの魔物の鹿を調理している。長時間煮込むので、わざわざ門の外でアウトドアクッキング中なのだ。土魔法で竈《かまど》もどきを作り、宿で借りた鍋でグツグツ煮ている。アクが出るので、それをどんどん捨てていく。

「まだ煮るのか？」

枯れ木を拾ってきてくれたコクシンが呆れている。

まだ煮るとも。トロトロになるまで煮るとも。味付けは塩と、臭み消しの葉っぱ、あと蜂蜜と、野菜ゴロゴロ。うーん、もうちょっとなにか欲しいなぁ。

「レイト。ここでさっきの練習したら駄目か？」

暇になったらしい。

「休憩してなよ。今度はぶっ倒れるよ」

じっとしとくのが苦手な子供か。俺に言われて仕方なく剣を振り始める。真面目だなぁ。さっきから元同僚だろう門番さんが、じっとこっちを見てるんだけどなぁ。

コクシンは一身上の都合により退役ということになっているそうだ。俺と行動を共にしているので、俺が冒険者に引き込んだと思っている人もいる。いいんだけどさ、恨みがましい目で見るのは違うでしょ。上司よ、この人クビにしたの。

いまのところ、見られているだけで絡んでは来ない。ひと月の期限をきちんと守るつもりか、コクシンが元の職場に寄り付かないから放っておかれているのか。とりあえず、もう関わらないよという姿勢を見せときゃ大丈夫だろ。


ふわりと鍋からいい匂いが立ち上がり始める。うんうん。いいんじゃないんでしょうか。箸を刺してみると、すっと通った。こんなもんかね。

鍋を貸してくれた宿の主にもご馳走するので、コクシンが鍋ごと持って行く。

火を消して後始末をし、竈は壊しておく。粉々にして蹴散らしておけばオーケー。門番がそれを見て〝あ〜〟みたいな顔をしている。邪魔でしょ、ここにあったら。あ、食べたかったってこと？　機会があればまた今度。

街中を二人並んで歩いていると、コクシンてば鍋を抱えているのに、女の人に捕まった。隣にいる俺なんか目に入ってないね、これ。いや、抱えているもの見ろと。煤《すす》のついた鍋を抱えてるんだぞ。っていうか、私服でも声掛けられるんだなぁ。制服マジックじゃなかったんだな。

「今日のお召し物素敵です！」

いや、初心者用のシンプル防具だが。

「はぁぁかぐわしい香りぃ」

いやそれ、たぶん鍋の中身の香り。

「憂い顔がたまりませんわ。ベッドは空いておりますわよ」

あ、胸押し付けてる胸！　なんだその脈絡のない会話。誰一人俺のことを口にしないし、コクシンの現状を気にしてもいない。会話が成り立たないって、これかぁ。

なんとか女の人を振り切り、宿に着いた。宿の主人と厨房《ちゅうぼう》に向かう。

では実食。

軽く温め直し、深皿に盛られた肉と野菜。フォークが抵抗なく通る。やばいな。これは美味いだろ。食べなくても分かる。食べるけど。

「んっふー」

ホロホロとろける鹿肉。パサパサはしていない。ちゃんと旨味が残っている。獣臭さもなし、ほのかな甘みが効いている。野菜も美味い。スープも飲める。あー、バターとか入れたら美味しいかも。

宿の主とコクシンは、と見ると、無言でフォークとスプーンを動かしていた。美味しいってことでいいですかね。

雑炊食べたい。米がないけど。

「はー。美味しかったー」

ワインを飲みながらご満悦。成人しているのでもう飲める。このワイン、薄いし。

「いや、こんなにも柔らかくなるもんなんだな。わしも話を聞いていただけだったが、これほどとは」

宿の主にも好評だったようだ。

「この肉はあまり手に入らないのか？」

「さぁ、数はいるはずだけど。角の需要はあるけど、肉は手間掛かって人気がないから、買い取りはしないってギルドでは聞きました」

「なんと。たしかに長時間煮込むのでは、商売にならんかぁ」

買い手がないと売り物にはならないからね。

「記念日とかに特別価格で引き受ける、というのならできるかも。それか、煮込む担当の人を雇うか。火の番だけなら子供でも……いや、アク取りは危ないかなぁ」

後半ブツブツ独り言になったが、宿の主の目がキランとしていた。

「なるほど。面白そうだな。暇そうなのはたくさんいるからな、試しにやってみるか。まずは肉の入手だな」

「ちょっと出てくらぁ！」と、奥の女将《おかみ》さんに声を掛け、宿の主は呆気に取られる俺達を置いてどこかへと行ってしまった。

「えーと、ごちそうさま。っていうか、コクシン静か……って、えー？」

ふわぁぁんと、コクシンは心をどこかに飛ばしていた。それ人に見せちゃいけない顔よ。美味しかったと、体現してくれるのは嬉しいんだけど。

「そんなに美味しかった？」

しばらくして正気に戻ったコクシンに聞いてみる。コクシンは照れたように、「ああ、うん」と頷いた。

「孤児院にいた頃は、腹が満ちれば何でも良かったからな。衛兵になってからも、気にしたことがなかった。高いお金を出してまで……と思ってたんだが、これはいいな。幸せになれる」

そうですか。居たたまれないのでそんな真正直に言わないでください。尻のあたりがモゾモゾする。

「いつでも食べられるよ。お肉はタダなんだから。頑張って獲ってね！」

「なるほど。そういえばそうだな。そう考えると、攻撃の仕方を考えないといけないな」

真面目か。

「んー。基本的に俺は首を狙ってるんだけど、剣は使ったことがないからなぁ」

「弓で狙うのか？」

「それか土魔法だね。正直どっちも遠距離だから、コクシンが前衛で牽制してくれつつ、隙見てズドンって感じになるのかなぁ」

体が小さいこともあって、近距離戦が苦手だ。ナイフは装備しているけど、実際戦闘に使ったことはまだない。魔力に限りはあるから、鍛《きた》えないといけないんだけど。

「魔法か。攻撃で使っているのはまだ見たことないな」

コクシンの言葉に、そうだっけ？　と首を傾げる。

じゃあ、見せましょう。お互いできること見せて、連携の練習もしないとね。

もう日が落ちて暗い屋外。宿の庭を借りる。

「ライト」

ふわっとテニスボール大の明かりの玉を出す。それを木に引っ掛けておく。土をずももっと持ち上げて的の完成。

「器用だなぁ」

風でもいろいろできそうだけど。ドライヤーとか、ウォール系とか、声を風に乗せる……なんていうのもあったっけ。もっと広範囲に捉えれば、空気を圧縮するとかもできるかもしれない。

「じゃ、いきまーす」

チュン！　ビシッ！

指先から弾丸もどき発射。うむ。土の的に穴が空いた。とはいえ、貫通はしていない。まだまだだな。

「今何したんだ？」

「小さい石の玉を高速で飛ばしたんだよ。目とか頭を狙うの。まぁ大きいのにはまだ通用しないかな」

「目か。あの見えない速度で撃ち抜かれたらひとたまりもないな。これは風でも使えるのか？」

「え？　うーん」

コクシンがやって見せてくれた、ボフッと風を撃ち出すのを突き詰めていったらできるんじゃゃないかな。空気銃っていうのがあるし。いや、あれは空気の力で弾を飛ばすのか。でも空気自体を飛ばしても、威力はあるよな？

ビシュッ！　ドゴン！

石の玉を大きくしてみた。ボウリングの玉サイズが出た。的にヒビが走る。うん。これもなかなか。目眩《めくら》ましに玉を撒き散らすのはどうだろう。

パラララッ！

迫力ないな。ならば、

「レイト。楽しんでないで教えてくれよ」

あ、すんません。コクシンのこと忘れてました。

◆◆◆

うーん。俺は今、増えた荷物を前に悩んでいた。すでに鞄一つに収まっていない。道中は馬車とはいえ、いざというときのために持ち物が増えるのは困る。だがしかし、一度美味しいものを食べると、干し肉生活に戻るのはつらい。コクシンちょっと持ってくれないかな。

「荷物か。なるほど、冒険者は身軽でないといけないと。私は人任せだったからな」

「あー。そもそもコクシンの野営道具から買わないといけないのか」

よくよく考えると、コクシン最低限の装備しかつけてない。鎧も剣も支給品で返却したから、安い胸当てと剣を冒険者登録したときに買っただけだ。荷物は寮にほとんど置いてきたという。持ってきたのは数着の衣服と、現金、思い出の品だという縁の欠けた小皿、のみだった。

「じゃあ、ギルドの購買で揃えるか。それとも、どこか馴染みの店ある？」

フルフルと首を振るコクシン。

ということで、冒険者ギルド地下に向かう。

そろそろ街を移ろうという話になった。コクシンに対しての圧力はないけど、元同僚との間に変なわだかまりがある。俺も元々、ランクが上がったら次へ行くつもりだった。

「旅支度。もう行くのかい」

今日も購買にいるのはハリーさん。少し寂しそうにしてくれているのが、なんだか嬉しい。

「まぁ、二度と来ないってわけじゃないし」

とはいえ、この世界の交通事情じゃ気軽に戻ってくるとは言いにくいのだけど。

「そうだな。どこに向かうんだ？」

「それはまだ迷ってるんだよね。ダンジョンに行ってみたいし、海も見たいし。あ、ていうか、聞いてよ。コクシンが馬と馬車を買うっていうんだよ⁉」

「ははは。そりゃあ豪気だな！」

「レイトが乗合馬車で揉めたことあるというから」

笑われてコクシンが憮然とした顔をする。いや言ったけどさ。乗り合わせる客によって、旅の快適度が変わる。それも旅の醍醐《だいご》味だとは思うんだ。

馬の維持とか大変そうだし。そりゃ手持ちの馬がいたら、好きなところに好きな時間に行けるんだろうけど。

「そういえば、たくさん物が入る鞄があると聞いたことがあるが」

コクシンが買うべきものを並べて、憂鬱そうにしている。荷物が増えるのが嫌なんだな。

「あるよ」

どこぞのマスターのようにいい声でニヤリとするハリーさん。

「えー。あれ金貨百五十枚もするんだよ」

「あるよ」

こっちもいい声で、サムズアップするコクシン。

「普段お金使わなかったから貯まってるし、臨時収入もあったしな」

臨時収入って、それ口止め料のことでしょ。

「いや、流石に……」

「たくさん持てれば、食事が豪華になるんだろう?」

それは、うん、そうなんだ。野菜だって小麦粉だって、調理道具も買い足せる。肉だって食べ切れない分を泣く泣く捨てていく……なんてこともなくなる。

じゅるり……。

「な?」

「い、いや、でも金貨百五十枚とかさぁ」

「使ってしまいたいんだよ」

口止め料と思《おぼ》しきお金が入った小袋を俺に見せてくる。そういや、馬だの馬車だのの話したときも、そう言ってたな。彼にしてみれば、これも汚いお金なのかもしれん。

「うーん、そこまで言うなら……。俺、後でちょっとずつ返すからさ。せめて割り勘で買おうよ」

「やだよ」

なんでそっちが「やだよ」なんだよ。俺だってやだよ。割り勘のが気兼ねなく俺も使えるだろ。

「レイトは食事作るだろ」

「どういう対価だよ。返すの一生掛かるよ」

「いいんじゃないか」

いや、プロポーズかよ。一生一緒にいるから、いいじゃんって。これ笑うとこ？　思わずまじまじコクシンを見返したら、可愛く小首を傾げられた。素か！　そりゃ女の人もキャーキャー言うわ。

「……ま、うん。コクシンがいいならいいや。俺も便利になるし、今より確実に稼げるようになるし」

依頼の報酬は等分、ということにしているが、正直財布役が俺なのであまり意味がない。

「決まったかい？」

ハリーさんが面白そうに見ていた。

「あーはい。じゃあ、ここに選んだのと合わせて、魔法鞄買わせてもらいます」

「よしきた。流石にここで取引はできないからね、上の個室に行こうか」

ということで、買う予定のものを持ったままゾロゾロ階段を上がる。途中でヘリーさんと目が合った。なにか面白そうなことになってる！　みたいに見られたけど、お仕事がんばってくださ い。

「はい。これが魔法鞄だよ」

と、金庫から出されたのは、思ったより小さかった。腰に付けるポーチにしか見えない。どこにでもありそうな、革製の箱型のポーチ。

「これでどれくらい入るんですか？」

っていうか、入り口小さいけど、どうやって入れるんだろう。

「そうだねぇ。試した感じだとこの部屋二つ分は入るんじゃないかという話だよ。迷宮品だからはっきりした仕様は分からないんだけど」

「二つ分って、めっちゃ入りますね！　大型の魔物でも丸ごと持ってこれそう」

約六畳部屋二つ分ってことだろう？　ズルって出してどやぁができるじゃん！　大きめのテント買って、鍋と鉄板とフライパン買って、野菜も詰め込めるぞぉ。

「嬉しそうだな」

コクシン、そりゃもちろん嬉しいよ。転生チートで欲しかったものの一つだもん。見るだけでもと思っていたものが、自分達のものになるんだよ。

「じゃあ、使い方を教えるよ。大きいものを入れるときは、対象物に触れながら『入れ』と念じれば入るんだ。出すときは手を入れるとリストが見えるらしいから、それを参考に『出ろ』で出せる。まぁこのへんのワードは自分で使いやすいものを探すといいよ」

「へぇぇ」

ぱかりと蓋を開ける。そこには暗黒空間が……ということはなく、ただ革張りの底が見えた。手を突っ込んでみる。だが何も起こらない。

「？」

「実はね、血を媒介として魔力登録しないと使えないんだ。ほら、蓋の裏に魔法陣みたいのがあるだろう？」

あ、ホントだ。薄っすらと例のよく分からない文字模様が入っている。

「じゃあ、コクシンが登録して」

「なんで。レイトが登録した方が使い勝手いいだろう」

「え、やだよ、怖い。金貨百五十枚だよ？　俺ごと担がれて攫《さら》われそう……」

自分でいうのは嫌だが、ちっこいのがこんな高価なもん持ってたら、袋詰にして連れてかれる！

ふぐふっ……。

ハリーさん、笑い堪えられてないです。

「大丈夫。複数登録できるから、くふっ、二人とも登録して持っとくのはコクシンさんでいいんじゃないですか」

　ということで。ぴっと指先を切って、魔法陣に登録。見た目は変わらないけど、手を突っ込んだら肘まで入った。コクシンが目を丸くしている。ステータスみたいに、脳内にリストが表示された。今は何も入っていない。

「ふぉぉ。すごい。ザ・チート」

　二人が首を傾げているが、ちょっと待ってね。今テンション爆上がりで！　小銭入れて、おお、リスト化したぁ。弓も入れて、スムーズぅ。飽きずに手を出し入れする俺の横で、大人二人が金銭のやり取りをしていた。

見ないでっ

俺は馬車運がないらしい。

ゴトゴト揺れる馬車の中で、何度目かのため息をついた。そんな俺を気遣うコクシン。そんなコクシンを目をハートにしながら見ているお嬢さん二人。に、しきりに話しかけて気を引こうとしている男。

結局次の街カズンに向かうことになった。単純に領都を避けたら、そこ行きしかなかった。

乗客は俺達と、お嬢さん二人だけだった。あと御者の人。それに護衛が三人同行する。二人は馬で、馬車の前方を走っている。そしてもう一人、リーダーらしい男がなぜか馬車に同乗していた。

そしてこの男、ずっとお嬢さん達に話しかけ続けている。後方を警戒するため、とかいって乗り込んで来たのに、そんな素振りがまったくない。鼻の下を伸ばして、胸元をチラチラ見ているばかりだ。

「なぁなぁ、聞いてくれよ。これこの間ゲットしたんだけどさ」

自慢の一品らしい、何かの鉱石を取り出す。

「これでアクセサリー作ろうかと思ってるんだけどさ、あんた達に似合いそうだしさ、プレゼントしてやってもいいんだぜ」

　ヘタクソか。つーか、相手にされてないの俺でも分かるのに、メンタル強いな。見えてるのか、あのスン顔。お嬢さん達は声を掛けられるのに、慣れているんだろう。何となくそういう商売の女性に思える。

　そして彼女達は、コクシンに夢中だ。もっともコクシンはすべてを曖昧な笑みで流してるけど。

「なぁ、聞けって。そんなチビのお守りしてるようなやつ、大成しないって」

　うわ。こっちに飛び火した。

「お守りじゃない」

　コクシン、律儀に返さなくていいのよ。ほっとくのが一番なのよ。といっても、俺も前科があるからな。

「へ。じゃあなんだよ」

「冒険者だ」

　ぶはっと男が吹き出した。膝を叩いて笑っている。おっさん臭いな、実は年いってんのか？

「そんなチビに何ができるっていうんだよ」

「……どうでもいいけどさ、護衛さん」

　こいつ本当に気付いてないな。

「あんたのお仲間戦ってるよ？」

「は？　な、いつの間にっ」

　慌てて脇に置いてあった剣を手に取り、止まっていた馬車から転がり出る。文字通り、転がり落ちた。くすくす笑うお嬢さん達に耳を真っ赤にしながら、リーダーの男は前方に駆けていった。なにか怒号とわーわー言う声が聞こえる。

「フォレストウルフか。大丈夫そうか？」

御者の後ろから覗き込む。狼が三頭。曲がりなりにもD級なら問題ないだろう。やたら剣を振り回してるやつがいるけど。

「追加がなければね」

「追加か」

馬車の後部から辺りを窺うコクシン。その表情がふっと曇った。それから前方を見やる。まだ戦闘は終わっていない。どうする？　と見てきたので、任せる、と手を振った。

剣を手にコクシンが馬車を降りる。もちろん転げ落ちたりはしていない。そのスラリとした立ち姿にお嬢さん達が「きゃ～」とざわめく。いや、立ってるだけやん。

剣を抜かず、手のひらを前に伸ばす。お。魔法で殺《ャ》るのか。向かってきているのは一頭のフォレストウルフだ。跳んだ！　バシュ！　と空気を切り裂く音が響いた。「ギャイン」と鳴きながらウルフが転がる。

「浅かった」

剣を抜き、走り寄って首を飛ばす。一撃ではなかったけど、鮮やかなもんだ。……前方の奴らに比べたら。「ギャウンギャウン」まだ聞こえてるんですけど。

振り返ったコクシンが手招きしている。俺も降りて、トコトコ向かう。

「どうした？」

「食えるのか？」

コクシンも中々に俺に毒されてきたね。初めに気にするのがそれとか。

「残念。固くてまずいから、魔石と牙だけ取って、あとは焼いとこう」

「分かった」

サクサク二人がかりで魔石と討伐部位を取り、道の端に寄せて焼いておく。

「おい！　おまえら何勝手に俺の獲物取ってるんだ！」

うわ、来た。っていうか、なんで怪我してんだこいつ。

「気付いてなかったんだろう？　乗客に被害が出たらどうするんだ」

コクシンの正論にグギッと顔を顰める。

「だ、だが護衛は俺達で」

「冒険者には乗合馬車に乗る際、いざというときは戦闘に参加する義務がある。文句を言われる筋合いはない」

「ふ、ふんっ。次はないぞ！」

それはこっちのセリフだよ。プリプリしながら踵を返すリーダー。コクシンと顔を見合わせて肩をすくめた。

今回の旅路は、二泊三日。先が思いやられる。

「おい、置いていくぞ！」

呼んでくれるのはいいが、護衛さん達や？

「なんで死体を片付けないんだよ。街道で倒したときは、道の傍に寄せて焼却処分すること。俺みたいな新人でも知っている決まりでしょ」

魔石を取ってグチャッとなった狼達が、そのまま道路に転がっている。信じらんない。このまま馬車を進める気か？

「い、今やろうとしてたんだよ。おい、さっさと向こうにやって燃やせ！」

え〜とあからさまに嫌そうな素振りを見せる、他のメンバー。一人は杖を持ってるから魔法使いかな。もう一人は双剣使いっぽい。

「早くしてね、護衛さん。遅れちゃうわ」

ここで援護射撃。お嬢さんの言葉に、急にやる気になる三人。

ズルズル引きずっていって積み上げ、かちっかちっと火打ち石が鳴る。

「ええ、マジで？　誰も火の魔法使えないの？」

思わず口に出た。生活魔法の火すら使えないってことなのか？　コクシンを見ると、彼も首を傾げていた。お姉さん達は……？

「あー、実は私も使えないの。種火すらできないって、よくバカにされたわ」

「え、あ。ごめんなさい」

「ふふ。いいのよ。でも代わりにね、水はたっぷり出せるの。店の子にも私の出す水は冷たくて美味しいって人気なんだから」

「へぇ。人によってそんなに差があるんだ。知らなかった」

不得意といっても、多少は使えるものだと思ってた。

「生活魔法自体、使えない人もいるの？」

ついでだ。聞いてみよう。

「そうねぇ。いなくもないわよ。魔法は駄目だけど人一倍力持ちの人とかもいるしね」

「そうなんだ。お姉さん、物知りだね！」

お礼に褒めておこう。「何言ってんの」とデコピンを食らった。俺の〝かわいい〟は通じなかったようだ。解せん。

◆◆◆

本日の晩御飯は、山鳥の香草焼きと、なんちゃってすいとんです。昼に仕留めておいた山鳥を、香草とワインとバターで仕上げております。魚醤っぽいのを見つけたので、すいとんも作ってみました。

「豪勢だな」

コクシンへの借金（気持ち的に）返済のためにも、知識をフル稼働させて、頑張った。食材に関してはは自由にしていいと、高い胡椒も買っていいことになった。コクシン太っ腹。本当に太らせないように気をつけないと。

「いただきます」

山鳥は文句なしに美味い。弾力のある肉を噛むたびに、肉汁が出てくる。ちょっと味付けが濃かったかも。山鳥自体に味があるからかな。

すいとんは、好き嫌い分かれるかも。魚臭さが気になる。でも俺は好き。そういえばこっちに来てから、魚を食べていない。川魚もいないのかな。食べたくなってきた。

「どう？」

コクシンは「うんうん」言いながら食べてくれている。美味しいってことかな。でもすいとんの減りがいまいちだな。改善頑張る。

「美味しそうねぇ。乗合馬車でそこまで本格的な調理する人、初めて見たわ」

お嬢さんが羨ましげに見てくる。あげませんよ。物々交換なら考える。俺は女性だからといってむやみに奢ったりしないよ。

「これで頂戴」

渡されたのは飴玉《あめだま》だった。この世界にあるんだなぁ。っていうか、砂糖高いんじゃなかったけ？　聞くと穀物から取れた甘味だって。高いことは高いけど、お客さんからの貰い物だそうな。

お返しに山鳥の方をあげる。それだけだとあれなんで、試しに作ってみたクッキーもどきも付ける。バターを手に入れたときに作ってみたやつだ。

「あ、これ美味しい」

両方好評でした。良き良き。

生活魔法の水で洗い流して、お皿やフライパンなんかをしまっていく。コクシンの腰に付けられた魔法鞄を、ガン見している護衛リーダー。仕事しなさいよ。

「すげぇもん持ってるな。それ高いんだろう？」

獲物を見る目だ。やだねぇ。

こういうのがあるから、なるべく隠す？　という提案もしたのだが、結局ダミーの鞄を持ち歩いたりするのが面倒、と大っぴらに使うことにした。

危険より便利が上回った。

「盗《と》ろうとしないでね。モゲるよ」

舌なめずりする勢いの男に、牽制。

「は？　モゲるって何が？」

「〝ナニ〟が」

すっと視線を男の股間にやる。見たくねーけどしょうがない。視線の意味に気付いたのか、「ひっ」と内股になった。

「な、なん……」

「曰《いわ》くつきのものでね、くっついてる主から離そうとしたり危害を加えようとすると、もいじゃうんだって」

怖いよねぇ。と笑うと、男は内股のまま後退った。

「お、俺は何もしてないぞ！　見てただけだからな、うん」

視線が魔法鞄に向いている。本気で呪われた鞄だとでも思ってるのかな。

男が去ってから、コクシンが気味悪そうに「そうなのか？」と小声で聞いてきた。いやなんであんたも信じてんの。

「嘘に決まってるでしょ。そんなの冒険者ギルドが売り付けるわけないじゃん。ああ言っとけば、少なくとも寝てる隙に盗ろうとかはしないでしょ。あれ絶対コクシンから奪おうとしてたよ」

「ああ、そういう……」

そんなピンポイントに決まる呪いとか怖いわ。なんかガールハントに命賭けてるみたいだったから、下半身の話題にしてみたのだよ。

◆◆◆

何事もなく、夜が明けた。実際は人が近くをウロウロしている気配はあった。俺達に挟まれるようにしてお嬢さん二人が寝ていたから。いや、なんか身の危険を感じたらしくてね。まぁ分かる。あいつら胸しか見てないもんね。

そんなこんなで朝食。円パンに干し肉をふやかしたものと、パリッと葉野菜を詰めてパクリ。マヨネーズ欲しい。この世界の卵は安全なんだろうか。スキル『浄化』とかあったらいいのにな。

昼前から雨が降り始めた。俺はフードを被りてるてる坊主姿になって、用足しのついでに晩ご飯用の肉を探していた。しかし鬱陶しい気配がある。護衛の一人が付いてきている。気づいているよ、という素振りをしてるので、何かしてくることはない。

獲れたのは、蛇だけだった。これは故郷でも獲ってきたやつだから、食える。一応、皮を剥いで肉の状態にしとこう。

夜。蛇肉の蒲焼《かばやき》は、まぁまぁだった。少なかったので干し肉も食べた。雨の日は食事が寂しい。

雨はまだ降っている。俺達は馬車の中で休んでいた。御者さんは御者台にカバーを掛けて休んでいる。護衛達は、もちろん護衛なので外だ。

ギャッ‼

不意に眠りを割く悲鳴が聞こえた。がばりと俺とコクシンが同時に跳ね起きる。遅れて女性二人が起き、お互いを抱くように身を寄せた。

「そのままで」

出ていこうとしたら、コクシンが首を振って自分を指した。頷き、外を窺う。誰もいないことがおかしい。あいつらどこいったんだ？　というか悲鳴の主は……。

御者は？　と前から覗いたら、いない。

そろりとコクシンが滑り出る。

「あ、あたし達は大丈夫だよ」

彼女はそう言ってくれるが、流石に放置もできない。

ギイン！

離れたところで甲高《かんだか》い音が響いた。剣を打ち合った音だ。人相手ならコクシンに任せておいて大丈夫。

ふいに、人が馬車の後部に取り付いた。口元を覆っていたが、護衛の一人だとまる分かりだ。短剣をこちらに突き付けてきた。確か杖を持っていたやつだが。

「おい、大人しくして……ギャン！」

ボーリングサイズの石弾を顔面にぶつけてやった。もんどり打って後ろに倒れる男。

「おい、さっさとやれ！」

これはリーダーの声だな。

「い、いやだぁ、モゲたくない〜」

これはもう一人の、双剣使い。っていうかあいつ最低だな。自分がもげたくないからって、人にやらせてやがる。わざわざ三人に聞こえるように言ってやったのに。

天誅《てんちゅう》は首謀者に向くものだよ。

暗闇に目が慣れると、外にいる三人の姿がハッキリ見える。雨はまだ降っていた。彼女達を振り返ると、こくりと頷いてくれた。

音をさせないよう滑り出る。剣を交える二人をリーダーが野次を飛ばして見ている。まるっきり馬車の方は警戒していないな。コクシンは余裕そうなので大丈夫。

闇に紛れて回り込む。

指を指し、やつのナニにロックオン。発射！

「ぎゃー‼」

男が股間を押さえて蹲る。気を取られた双剣使いをサクッと叩き伏せ、コクシンがこちらを見た。水も滴るいい男である。

達成感に和んでる場合ではなかった。

奴らを縛り上げるのはコクシンに任せ、俺は御者さんを探す。木に繋《つな》いだ馬の近くに倒れているのが見えた。

「大丈夫ですかっ」

駆け寄ると、「うぅ」とうめき声が聞こえた。とりあえずは生きている。後頭部が血に濡れていたので、何かで殴られたのかもしれない。

中級の回復薬を取り出し、栓を抜いて傷口に直接ぶちまける。回復薬は飲んでも傷に直接かけても効く。はたしてこれで陥没骨折が治るのか、脳に影響がないのか、そこまでは分からない。

「う、な、何が……」

意識が戻ったようだ。

「まだ動かないで。頭を打っています」

「レイト！」

「コクシン。彼を馬車へお願いできる？　できるだけ、揺らさないように」

「分かった」

そっと御者さんをお姫様抱っこするコクシン。重そうな素振りも見せない。ちょっと悔しいのは内緒だ。

「大丈夫?」

馬車に戻ると、お姉さん達が場所を空けてくれた。横になってもらって、もう一本中級の回復薬を御者さんに渡す。

「ゆっくり飲んでください」

一瞬戸惑い、彼はちびりちびりと飲み始めた。お金を気にしたのか、めっちゃ苦い味を知っていたのか。

中級の回復薬はだいたい金貨一枚前後する。初級から一気に跳ね上がるが、それだけ効果もある。千切れかけた腕がくっついたとか、貫通した傷も癒やすとかなんとか。聞いたことがあるだけだけど。

ちなみにこの世界に蘇生薬《そせいやく》はない。

「あいつらどうする?」

コクシンの言葉に、うーん、と悩む。

正直、放っておきたい。まだ行程は残ってるし、御者さんも万全ではない。雨は上がりそうだが、道はぬかるんでいるだろう。そこを犯罪者を引き連れていくとか、面倒臭すぎる。が、連行して説明したほうがいいんだろうな。

元から野盗なら、斬り捨てるのに……。

とりあえず、夜が明けるのを待つことにした。俺とコクシンで見張りに立つ。御者さんとお姉さん達は恐縮してたけど、慣れてるから気にしないでね。

◆◆◆

朝だ。雨が上がり、日が差し始めた。

馬車から離れたところに、護衛改め盗人達が三人まとめて、木に縛られていた。うるさかったので、猿ぐつわ的なものをしてもらっている。濡れ鼠《ねずみ》で、リーダーの顔色は蒼白《そうはく》だ。……そういえば、治療してやってねーや。潰れてるのかな。ナニがとは言わないけど。

ありもので適当に朝食を摂る。

「問題は、どうやって運ぶかだなぁ」

当然歩かせるのが手っ取り早いが、足が遅くなる。護衛がいなくなるので、それもどうにかしないといけない。

「御者さんは？」

「御者台に乗っているだけならなんとか」

特に後遺症はなさそうだが、ダメージが精神に来ているのか、顔色は良くない。

「うん。馬のお世話は任せておいて。向こうの馬も見ないといけないし」

一応、水と餌はあげてきた。扱いが雑だったのか、尻のあたりが一部擦《す》り切れてしまっていた。なので初級回復薬をあげてきた。馬からしても苦いのか、ひんひん言いながらも飲んでくれた。

「俺とコクシンで護衛するとして、あいつらを馬車に積むのは……」

「しょうがないわよ。縛っとけば大丈夫でしょ。私達が見張っとくわ」

「護衛は私だけでいい。レイトは馬車に乗って、後ろを警戒してくれ」

うーん。仕方ないな。それが最善かな。念のため、あいつらには眠っといてもらおう。いつぞやお世話になった眠り薬。依頼ついでに採取して作っといて良かった。

粉状の物を少量の水で、こねこね。できましたこれを、鼻に詰めます。むぎゅ。暴れないでください、両方に詰めるぞコラ。むぎゅ。あ、猿ぐつわは外しとく。窒息死されると困る。むぎゅ。

数分でイビキをかく人体の出来上がりです。

「……レイト、時々やることがえげつないよな」

失礼な。なぜドン引きか。関節全外しでもええんやぞ？

念のため簀《す》巻《ま》きにした三人を馬車に担ぎ込む。やつらの馬の一頭にコクシンが乗り、馬車の前を走る。もう一頭は馬車の後を付いてこれるように繋いでおく。

ゴトゴトと馬車が進んでいく。付いてくる馬も、乗り手がいないからか軽快な走りだ。このまま行けば昼過ぎには着くだろうということで、ひとまず安心。ごーごーという不快なＢＧＭ以外は快適だった。

◆◆◆

カズンの街に着いた。

こぢんまりとした街だった。街なかに緑が多い。新築したばかりだという塔が目立っていた。

門番に事の次第を説明する。慌てて、関係各所から人を呼んでくるから、ちょっと待っててくれと言われた。お姉さん達も、説明のために残ってくれている。

待っている間、お利口に走ってくれていた馬達を労《ねぎら》う。ちょっと飛ばしたからね。うんうん。君達は蹄鉄《ていてつ》をやり直してあげたほうがいいねぇ。やつらの持ち馬なのかな。レンタルにしては、小汚い。

まずやってきたのが、御者さんが所属する乗合馬車ギルド。冒険者ギルドと同じくらい、各地にあるギルドだ。貸し馬車をしているところもある。

「ドア！　襲われたって⁉　大丈夫かい」

御者さんはドアさんというらしい。やってきた小太りの男性が、ドアさんの周りをぐるぐる回る。

「ああ。大丈夫だ。こちらの人が中級の回復薬を分けてくれてね。ちょっとばかしハゲが残っただけだよ」

回復薬では毛は生えないらしい……。

こちら、と、俺とコクシンが並んで立っていたのだが、小太りの男性は完全にコクシンの方を見ている。いいのよ。コクシンも言い直さなくていいのよ。

「いや、すまない。うちのものが世話になった。代金は必ず払うよ」

「はぁ、でも勝手に使ったし、お気持ちだけで……」

「そうはいかないよ。ドアも馬達も失うところだったんだ」

「分かりました。数日はいるつもりなので」

「急ぐのかい？」

急ぎはしないけど、まだここニッツと同じ領なんだよね。出るならさっさと出たいし。

そんなこんなを話していたら、冒険者ギルドの人達と、衛兵の上の方の人が来た。ちらりとコクシンを見ている。知り合いかな。面倒なことにならないといいんだけど。


「護衛の冒険者達が乗客を襲っただって？　そんな馬鹿な！」

第一声は冒険者ギルド長だった。場所は門横の詰め所だ。

「私達は嘘を言っていないよ」

コクシンの言葉に、お姉さん達も頷く。

「いや、しかし彼らはD級の……」

彼の前には、やつらから拝借したギルド証が三つ。ちなみにやつらはまだ寝ている。もう眠り薬は取っているので、しばけばすぐにでも起きるだろう。

「それも怪しいよ。フォレストウルフ三頭に悪戦苦闘してたんだよ。しかも死体を道のど真ん中に放置して行こうとしてた。こっちではそういう教育してないの？　俺は冒険者登録したときに教えてもらったよ？」

聞いたところ、やつらはこの街のギルド所属だとか。あちこち行く俺達みたいなのもいるし、ずっと同じ街で活動している人達もいる。

俺の言葉に、冒険者ギルド長がギリッと歯軋《はぎし》りした。

「しかし、今のところ他に問題が上がってはいなかったはずだが……」

衛兵長が首を傾げる。コクシンとは特に交流はないらしい。何も言ってこない。

「……いえ。たちの悪いのはいましたよ」

言いにくそうに馬車ギルドの人が手を上げた。

「難癖をつけて護衛料を上げようとしたり、乗客とトラブルを起こしたり……」

「む。俺は知らないぞ？」

衛兵長が入り口付近に立つ部下に目をやる。部下はふるふると首を横に振った。

「その度に聴取とかで業務が滞るのは困るし、些細な喧嘩だと言われてしまえば、強くは言えなくて……」

「……なるほど。こちらの対応にも問題があったようだ。留意するよう通告しておこう」

馬車ギルドの人が頭を下げる。

さて。問題は冒険者ギルドだ。

「確かに彼らは態度が良くないという報告がありはしたが……しかし、護衛に問題があるほどでは……」

「ちょっと、それ本気で言ってるの？」

憤慨したのはお姉さんだ。

「あのリーダー、護衛のくせにずっと馬車の中に乗り込んできてたのよ？　しかも、ずっとあたし達をナンパし続けてたの。金目の物チラつかせて、俺の女にならないかとかほざいてたわ。胸ばっか見てくるくせに、戦闘になったらへっぴり腰。そのくせこっちの人達が倒した狼を横取りしたって喚いてんのよ！　これで問題なしなら、冒険者ギルド自体信じられないわ」

うんうん。よっぽど鬱憤が溜まってたんだね。お姉さんの剣幕に、冒険者ギルド長は真《ま》っ青《さお》になっている。

「襲ったというのは、彼女達を……かい？　いや、御者も怪我をさせられているんだっけ」

衛兵長の言葉に、コクシンがちらりと俺の方を見た。言っていいのか？　ってとこかな。コクリと頷く。

「それは、多分これを奪いたかったんでしょう」

ポンポンと腰のポーチを叩くコクシン。

「魔法鞄です」

居合わせた人達が息を呑《の》む。冒険者じゃなくても、高価なものだって認識はありそうだ。

「まさか、それなら襲われて当然だとか、言いませんよね？」

チロリと冒険者ギルド長を見る。青い顔のままコクコクと頷いた。

「欲しいから殺して奪い取るなんて、そんな本能直結な思考をするとは思いませんでした。御者さんまで襲ったのは、ついでに彼女らを手に入れようと思ったんですかねぇ、護衛さん？」

さっきから目が覚めてるの、気付いてんのよ？

両側に衛兵を侍らせ、簀巻きになったままのリーダー。一斉に向いた部屋中の視線に、「ひぃっ」と喉を鳴らした。ミノムシのまま「た、助けて」とか言ってる。何にビビってんだ？

「おい。なにか言いたいことがあるなら今のうちだぞ。お前らはこの後犯罪奴隷として引き渡される」

「「そんなっ」」

衛兵長の言葉に、リーダーと冒険者ギルド長の悲鳴が重なった。

「当たり前だろう。一般人が巻き込まれてるんだ。御者は死にかけてる」

「ぐっ、し、しかし……」

冒険者ギルド長はなんとか食い下がろうとしているが、言葉が出てこない。

「ち、違うんだ！　買い取ろうとしたんだが、断わられてカッとなって……」

「そんな話したことありません。しかも、それじゃあ御者さんまで襲ったことの理由になりませんね。カッとなって、皆殺しならしょうがないですむとでも？」

「そ、そうは言ってな……」

「しかもあんた、二人に指示してやらせて自分の手は綺麗なままでいようとしましたね。あ、指示しただけだから無実だとか言わないでくださいよ。あんたが殺せだのなんだの、嫌がってる二人に指示してたんだから。あんたの罪が一番重いよね？」

「うぅ～」

はー、ちょっとスッキリした。いや俺もさ、これでいてずっと緊張してて、これで御者さんが亡くなってたら、故郷に帰ってたかもしれない。いや、森の中で隠居のほうがいいか。

そんな俺の心情を察してか、コクシンがポンポンと頭を撫でてくれる。今はやめて。

「弁明は……？　ないならこれで終わりだ」

衛兵長のお言葉。

「た、助けてくれ！　俺はこいつに無理矢理！」

突然簀巻きの魔法使いが騒ぎ始めた。

「難癖つけるのも、荷物から金を掠め取るのも、女にちょっかい出すのも、全部そうしろって脅されてたんだ！」

「おい黙れ！」

「う、うるさい！　お前ばっかりいい目みて、俺達は見張りや盗みばっかりだ！　報酬金だってお前が使い込むから、俺達はちょっとしか貰えない。そのくせ文句を言うと殴られる！　お前のせいだ！」

「な、このやろう！」

「お、俺もだ！　何でも喋る！　だから奴隷だけは！」

「裏切るつもりか、貴様らぁ！」

うるっさい。

なんか今、サラッと罪状増えてたよ？

ミノムシが三つ、ウゴウゴしながら相手を貶《けな》し合っている。もう正直聞いていたくない。

「……あとはそっちにお任せするので、帰っていいですか？」

ため息をついている衛兵長に丸投げしておく。ちなみに冒険者ギルド長は、頭を抱えてなにか呪いの言葉みたいなのをブツブツ言ってた。嫁さんがどうとか言ってた。減給か左遷かクビか。グルだったら奴隷行きかなぁ。

「お疲れ～」と詰め所を出たところで、お姉さん達とも別れる。食事に誘われたけど、ごめんねしといた。御者さんと馬車ギルドの人は、深々と頭を下げてくれた。無事で良かったね。冒険者ギルドとの関係も改善するといいね。

「乗合馬車が嫌になったんじゃないか？」

コクシンの苦笑に、俺はため息しか出なかった。

「え。馬を、ですか？」

お昼ご飯のサンドイッチを食べながら、俺は思わぬ言葉に相手を見返した。ドアさんがニコニコしながら頷く。

「例の冒険者が使っていた馬二頭だよ。彼ら個人の馬らしくてね、うちに引き取ってくれって連れて来られたんだけど、馬車を引くには向いてなくてねぇ」

聞いたところによると、彼らは余罪がたっぷりあったらしく、私財没収の上奴隷堕ちとなったらしい。その私財の中に馬がいて、乗合馬車組合に譲られたのだとか。

「もちろん、馬だけの貸出しもしてるところはあるんだけど、あなた達がまだまだ移動するみたいな話をしていたの、思い出してね」

「馬ですかぁ」

正直、ちょっと心惹かれている。乗合馬車とはとことん相性悪そうだし、好きな時に狩りに道草できるのがいい。この世界に来て馬小屋暮らしだったこともあって、馬とは友達感覚なところがある。

「いいんじゃないか」

「コクシン」

「レイトは世話が大変だとは言うが、街に着けば宿屋などで面倒見てもらえるし、馬車屋でも世話をしてくれるぞ」

コクシンの言葉にドアさんがウンウン頷く。そう言われると断る理由がなくなるなぁ。

「好きなだけ料理できるし」

「それな」

それホント大事。

今ちょっと骨から出汁を取ってスープを作りたいのよ。魚醤で失敗したから、美味いスープ作りたい。骨をグツグツ煮るとか、狂気の目で見られかねん。コクシン？　彼は呆れるだけだと思う。

「よし。じゃあ、うちで引き取るよ！」

というわけで、凸凹コンビに馬が二頭加わった。

黒鹿毛《くろかげ》という茶色の毛の馬がコクシンの。足、たてがみ、尻尾が黒い。名前はクロコ。オスだ。

芦毛《あしげ》という灰色の毛の馬がオレの。名前はブランカ。メスだ。

会いに行くと、スリスリと鼻を寄せられた。俺達のことをちゃんと覚えているようだ。

蹄鉄や鞍《くら》はドアさんのところでやってくれることになった。それでポーション代はチャラだ。

むしろこちらが払わなければいけない気もするが。

「きれいにしてもらうんだよ」と、一旦別れて冒険者ギルドに向かう。

肉を入手するついでに、なにか依頼を受けようと思う。ギルド長とはいろいろあったけど、問題ないよね？

　ギルドに入ると一斉に注目された。だめか？　あ、これ、俺がてるてる坊主だからですね。まだ身長に変化は見られない。ぬぐぅ。

「どんな依頼にするんだ？」

　コクシンは自分も注目され慣れているので気にしない。

「あ、ちょっと資料室覗いてみたい」

「資料室？」

「そういえばコクシンは見てないっけ。地図とか魔物図鑑とか、置いてある部屋があるんだ。どこのギルドでもあるって聞いてるから、この辺に出る魔物の情報とかニッツと違いがあるのか見たいんだ」

「ふぅん。分かった。じゃあ私も行こう」

　ということで、受付嬢に場所を尋ねる。ここは地下にあるらしい。購買も地下だって。

　資料室の蔵書は、それほど変わりがなかった。魔物図鑑と採取図鑑に数カ所違いが見られた程度だ。

　この辺りではイノシシの魔物、ロックボアが多いらしい。いいですね、ぼたん鍋ですか。

　あと採取関係でいえば、シアという木の根っこが依頼に出るようだ。根っこは木を弱めるから、あまり取りたくないな。染料だから依頼受けんでもいいか。

「コクシン？」

彼はじっと地図を眺めていた。

「どうかした？」

「いや。広いなと思っただけだ。領を出ても、まだまだ世界が広がってる」

「そうだね。しかもこれ、世界地図じゃないし。ほんの一部だよ。行きたいところは一杯あるんだ」

コクシンが嬉しそうに笑った。

「楽しみだな」

「ね」

特に目的はない。けれど行きたいところは一杯ある。何年掛かるだろうか。多分一生掛かったって廻りきれないだろう。楽しみしかない。

「よし。特に気をつけないといけないものはなさそうだし、近場の依頼を受けよう」

もう昼過ぎてるしね。

「分かった。あ、購買はいいのか？」

そういえばさっき寄りたいって言ったな。

「うん。また今度でいいや」

体動かしたいしね。コクシンもとくに異を唱えることなく、上に戻って依頼書を物色する。ここはキレイにランクごとに並んでるな。

Eランクの依頼でできそうなもの。ボアを獲りたいから、森に入るのがいいな。

ということで、ラックという果物採取にした。ラックは小振りの柿みたいな見た目をしている。固いので潰して煮詰めて、ジャムにして食べるのが一般的。美肌にいいと一部の女性に人気なのだとか。

◆◆◆

「ちょっ、コクシン！　この、ヘタクソ～」

パラパラと木の枝が降ってきた。時折実が付いたのも落ちてくるので、ごちっと頭に当たる。これで何回目だよ。

「狙えないならサイズ小さくしてよ！　木が可哀想《かわいそう》でしょ！」

「やってるよ！」

「なってない！　もう、コクシン風魔法で採るの禁止！」

むすっとコクシンが口を尖《とが》らせる。可愛《かわい》くないのでやめなさい。

木になっている果実を俺が土魔法で撃ち落としていたのを見て、コクシンも風魔法で真似をしていたのだが、狙いが定まらない上に二十センチ大の鎌を飛ばすので、伐採になってしまっているのだ。

大人しく落ちた果実を集め始めるコクシン。言いすぎたか。しかし、精度は大事だ。魔力ゴリ押しでは困る。俺と行動するなら、覚えてもらうよ！

「……どうしたら小さくなるんだ？」

拾い集めたラックを魔法鞄に詰め込みながら、苦悩するコクシンを見やる。

「別にコンビなんだから、同じことできなくてもいいんだよ。魔法の特性ってのあるだろうし」

「でもこの間言っていただろう？　圧縮するとかなんとか。それなら、同じように撃ち抜けるかもって」

「あ～」

覚えてたのか。説明の仕方が分からなくて、誤魔化しちゃったんだよな。風をギュッと小さくする、そんなイメージをどう説明したらいいんだろう。

「とりあえず、魔力操作のスキルが取れるまで地道に練習かなぁ。攻撃系じゃないのなら、街中でもできるし」

コクシンが首を傾げる。

「人が吹き飛ばない程度の風を、局所的にふわ～と出す」

「それ、できたらどう使うんだ？」

「髪の毛が乾かせる」

「……」

「あ、呆れたな。気持ちいいと思うんだけどなぁ。濡れたままだと地肌にも悪いしさ、女性とか髪長いから、できるとモテるぞ？」

どうよ？　とサムズアップしたら、ため息を付かれた。なにさ。これ以上モテたくないって？

カリスマ美容師のごとく、乾かし待ちの列ができそうだな。

しかし、風呂に入りたいな……。

◆◆◆

「レイト！　もう一頭行った！」

「はぁぁ？　ふっざけんな⁉」

俺は今、絶賛ボアと格闘中だっつーの！　お代わりとかいらな……いや、もう、なんでこっち来んの！

接敵中だったボアの足止めようと、ナイフを持っていない方の手を掲げる。壁で食い止めるイメージをしたつもりだったんだが。

プギィィ‼

ボアの悲鳴が響き渡った。

「うわっ」

思わずというようにコクシンが漏らした声。俺も心の中で思った、「うわっ」って。

そこには土の杭《くい》で串刺しになったロックボアがいた。円錐型の土の杭だ。しばらくジタバタしていたボアが、事切れ下に血溜まりができていく。

プギィィ！

仲間の惨状に怒ったのか、俺が相手していたボアが突っ込んでくる。

「えぇい、しつこい！」

ボアの片目は俺の矢で撃ち抜かれている。俺がキレるのは筋違いだな。一撃で仕留められなかった俺の力量不足だ。

今度こそ壁を出す。ドゴッとかなりの音でぶつかったボアは千鳥足だ。

「コクシンお願い」

「任された」

俺が壁を崩すのとほぼ同時に、ボアの首から血しぶきが舞った。ピッと剣を振り、血を払うコクシン。やっぱり剣が似合うなぁ。

彼の後ろには、既に二頭のボアが横たわっていた。一頭見付けて相手にしたのだが、次々リンクしてきてこうなった。流石に疲れる。

「よし、次は来ないな。血抜きだけでもしときたいんだけど……」

数が多いから、血抜きしている間に次が来るかもしれない。

「大丈夫だろう。さっさと済ませて、さっさと離れよう」

コクシンもすぐに血抜きした肉の旨さを知っている。

魔法で穴を掘り、そこにコクシンが首筋を切ったボアを逆さに突っ込む。貫かれていたやつも杭を解除して、同様に処置。

周囲を警戒しつつ、少しでも紛れるかと、血溜まりを水で流しておく。

終了したらそのまま鞄に詰め込む。中のものはお互いに干渉しないので、濡れたものとか突っ込んでも大丈夫。今のところ、生きている物は入らない、時間は普通に経過する、水そのままでも入る……ということが分かっている。

◆◆◆

そんなこんなで、今日はお疲れなのだ。正直その辺でご飯を買って食べてもいい。だが腹は正直で、強烈に「今日はトンカツ！」とアピールしてくる。なので作る。作り始めれば疲れも吹き飛ぶってもんだ。

まずは鍋で揚げ油を作っていこう。ロックボアの分厚い脂を溶かしていく。卵ないけど何とかなるなる。本当はボタン鍋がしたかった。味噌はどこですか。

香ばしい脂の香りに、鼻がひくひくなる。隣ではコクシンがパン粉を作ってくれていた。チラチラこっちを見ている。分かるよ、こんなたくさんの油どうすんだ？　ってとこだよね。ちゃんとうまいの作るから！

揚げ油が適量できたら、肉を切る。ロースあたりの肉にしよう。加減が分からないから、少し薄めにしておく。中が生だと危ない。

卵がないので、小麦粉を水で溶いたものを付け、パン粉をまとわす。美味ければいいのよ。俺がカツといえばこれがカツなの。

箸の先を油の中に入れて確認。いいでしょう。じゃあ、肉投入！

じゅわわわー！

心地良い音が広がる。これだよ。これが見たかった。黄金色の油の中で泳ぐお肉様。あ、バットがないな。土魔法でお皿を作る。未完成だからこそ、油を吸う皿。このへんも後で考えないとな。

きつね色になってきた。しょわしょわしてきたらいいはず。正直この辺曖昧。前世はそれほど料理をしなかったのかもしれない。

頃合いを見て取り出す。もう一枚投入。鍋がそれほど大きくないからね、まだまだいくよ。あ、揚げている間に最初のを切ってみよう。

ざくっ！

断面は……完璧じゃないでしょうかっ！　ちゃんと火が通ってる。肉汁が出てくる。これはもう、食べるしかないね。ザクザクと切り分け、コクシンとともにいただきます！

「うんまーい」

豚より味が濃いんじゃないんだろうか。多少噛みごたえはあるけど、この世界基準でいえば十分柔らかい。噛むたびにじゅわっと肉汁が出てくる。脂身が美味い！

揚げながら食う。行儀が悪いけど、だって熱々のが食べたいんだもの。コクシンのフォークが止まらないんだもの。食べなきゃなくなる。

野菜も食べようね。キャベツはないけど、レタスっぽいのがあるから。残ったらカツサンド作ろう。食パンないけど。ソースないけど。そういえば、何も付けなくても美味いな。塩付けてみよう。うん、美味い。

「これは、止まらないな……」

「いいけどコクシン、食べすぎると胸焼けするよ？」

回復薬で治るのかな。胃腸薬はあったから、そのへんの薬草……あ、胃腸にいいロッカは持ってるな。今度作ることあったら、それを味付けついでに使おう。

スーパートンカツタイムが終了した。余は満足である。トキイ草のお茶で口の中をリセット。甘いものが欲しいので、ミツの実を割って、そのままペロペロ。

コクシンは……お腹をぽんぽこにして転がっていた。やめて。王子様はそんなことしなくてよ。あ、お腹さすらないで。ていうか、腹筋割れててもぽっこりなるのか……。

明日は野菜を中心としたメニューにしよう。

◆◆◆

ところでいま俺達は、一軒家の庭にいる。

宿を選ぶときに、ダメ元で数日だけ空き家を借りれないか聞いてみたのだ。ドアさんに。そしたら不動産を持ってる商会を紹介してくれて、街外れの一軒家を一日いくらで借りれることになった。

おかげで料理ができる。お酒で騒いでいる声も聞こえない。隣を気にすることもなく寝れる。魔法鞄のこともあって、普通の宿ではセキュリティに不安があったのだ。

他の街でも借りれるか聞いてみよう。

◆◆◆

腹をこなし、片付けをして中に戻る。

コクシンは外で剣を振っている。俺も習慣の魔力操作の訓練だ。と思ったけど、弓の訓練を先にしよう。今日ちょっと外したからな。楽だからって魔法に頼るとろくなことにならない。ナイフの取り扱いも、どうにかしないと。

訓練後、タライにお湯を溜めてお風呂代わりにした。腰まで浸かるだけでも、だいぶ疲れが取れる。お湯に浸かる習慣のないコクシンは不思議そうな顔をしていた。

そのうち、彼も入れるサイズのを作ってもらおう。

◆◆◆

本日の依頼は、グリーンモンキーの討伐だ。その名の通り茶色と緑が混ざった毛並みの、全長四十センチくらいのサルの魔物。畑を荒らすので、駆除依頼が来ている。強くはないけど、すばしっこいらしい。

本日の課題は、コクシンの風魔法の命中率を上げること。なので、すばしっこいサルが相手だ。俺も動く的を狙うのは訓練になるしね。

キッキー！

木から木へと飛びながら、挑発をするように声を上げるサル。なにげにストレス溜まる。

バシュッ！

コクシンの手から放たれた風の鎌が、サルの体に掠る。また外れた。いや、俺も大概避けられている。じっとしてない的を狙うのは、難しい。

「うーん。コクシン、剣を振って風魔法出せる？」

「剣で？」

イメージは飛ぶ斬撃だ。だがファンタジー世界とはいえ、斬撃にエフェクトは発生しないらしい。

「えーと、こんな……」

自分でやってみよう。腰のナイフを抜き、振り抜きながら魔法発動。あさっての方に土の塊が飛んでいった。む。意外に難しいな。もう一回、居合抜きの要領で土で、刃を作って……。

べぢいん！

音はあれだけど、狙った軌道で土製の三日月が飛んだ。鋭さまでは再現できず、物理で顔にダメージを受けたサルが地団駄を踏んでいる。

「なるほど」

一つ頷き、ブツブツイメージを作り始めるコクシン。

「っしっ！」

剣先が霞むほどの振り。白く渦を巻いたような風が、ブワッとサル達に襲いかかった。

「む」

「いいよいいよ。手でやるより全然狙えてる。あとは切れるようにできれば使えるんじゃない？」

見ただけで一発でできるとか、どこまで器用なんだよ。

コクシンは二度三度と振って、徐々に風を細く鋭くさせることに成功していった。ボロボロとサルが木から落ちていく。サルの群れが消える頃には、狙った獲物を倒せるだけのサイズのものを飛ばせるようになっていた。

どやぁ！　と振り返るコクシンに拍手する。いや、ほんと凄いわ。

「ふむ。剣を握ったほうが魔法が使いやすいのか？　特になんの付与もない剣だと思ったが」

コクシンがしげしげと自分の手の中の剣を見る。

「剣っていうか、スキルの『剣術』がいい仕事をしたってとこかな。スキルに魔法を組み込んだ感じ。相性がいいのかな」

「相性か。たしかにシックリくる。どれくらいの力を込めればいいのか、なんとなく分かるから。レイトは弓で土魔法を使えるのか？」

「え、どうだろう？」

言われて弓を構えてみる。ここから土魔法って、何をすればいいんだ？

はっと思いつき、矢を仕舞う。土魔法で矢を作って飛ばす。

「っていやいや、これならそのまま飛ばしたほうが速いな。えーと……」

土……石……石にする？　離れたところで発動するのか？

もう一度木の矢を構え、着弾点が固まるイメージを持って、撃つ。

パキキッ。

撃った木の表面がゴツゴツとした石に覆われた。

できるもんだな。ではもういっちょ。矢を使わず、どれくらい遠くで発動するのか。手をかざし、さっきと同じように固まるイメージ。不発。徐々に距離を縮め、約二メートルくらいの範囲内しか発動しないことを確認。

「あれは攻撃になるのか？」

見ていたコクシンが呆れたように聞いてくる。見たところ、二十センチ四方の表面に石がくっついているだけだ。たぶん、皮膚についたところで魔物は気にしないだろう。中まで石化するんだろうか。魔物に撃ってみる必要はある。

「分からないけど、足を狙えば足止めぐらいにはなりそうかなとは思うよ」

「なるほど」

「まぁ強度とか範囲とか、要実験ってところかな」

「相変わらず器用なことを考えるな。私も研鑽《けんさん》しよう。一発目のあれは、足止めになりそうだ」

「そうだね。広範囲攻撃ってのは、あると有利だよね」

「うむ」

頷き合い、それはそうとサルの死体を集める。

こいつは食べられない。なので魔石を取り出し、討伐証明部位の尻尾を切り取る。あとは穴に入れて燃やしておこう。

「コクシン、ちょっと採取してきていい？」

「うん？　火が落ち着いてからでもいいだろう」

「その辺にいるから」

変なところで過保護を出さないでよ。え、違う？　変なもの引き寄せるから、目の届く所にいろって？　ひどい。なんとかホイホイじゃないし！

「すぐ終わるから」

燃え盛る炎に風を送り込んで、燃焼率を上げるコクシン。昨日教え込んだことが、すっかり身についていてらっしゃる……。

まぁ「待て」に反抗するほど俺も子供じゃない。大人しく、周囲に生えているトキイ草を採取しておく。

「で。何を採るんだ？」

燃え尽き、灰になったサル達を土で埋め、処理終了。

「野菜代わりになるなにか」

「野菜……。買わないのか？」

「買うけども。採れるならタダのがいいじゃない」

「……そうか」

実はお金に余裕が出てきたのだけれども、節約は大事。多分俺が突発的になにか買うから。調味料とか、高くても買っていいって言ったよね？　ね？

というわけで、野生のサンチュっぽいのを大量採取。もちろん根こそぎは採らない。ニンニクもゲット。これは薬にも使うので知ってる。あと、唐辛子があった。まぁこっちでは違う名前なんだけど、面倒。ほんと鑑定欲しい。こっちの名前と前世での名前、表記してほしい。

「レイト。あれは食べられるのか？」

あたりを警戒していたコクシンが、とある木の上を指した。

「んー？」

黄色い下膨れの実がなっている。茄子《なす》を一回り大きくした感じだ。どこかで見たことがある。えーと……。

「あ、ばぁちゃんに見せてもらったことがあるんだ。俺が見たのは外側だけだけど、たしか食べられるはず」

じゃあ採ろうと、スパンとコクシンの剣先が枝を切った。背が高い彼なら届くくらいの高さにも実がついてる。ナイフで縦半分に切る。

「本当に食べられるのか？」

コクシンが眉をひそめる。だよね。中には赤黒い果実がみっちり詰まっている。種なのか、黒いツブツブも見える。端的に言ってグロい。

しかし！　この香り。コレはあれなんじゃないんだろうか。記憶の中にある、懐かしいあれの香り。日本の朝食の定番、味噌汁！　ということはっ。

「いざ、実食！」

ナイフの先でちみっと取り、ぱくり。

「………。違ったぁー‼」

ぶへぇと吐き出す俺を、コクシンがオロオロして見ていた。手には解毒剤が握られている。

そういえば幼少期、ゲームの影響を受けて、わざと服毒して回復してを繰り返すと、耐毒性が得られるんじゃないかと考えたことがあった。正直死ぬ。ゲームのように一瞬で治るものではないし、めちゃめちゃ苦しい。上から下から大変だった。ばぁちゃんにも怒られたし。

「レイト？」

「あーうん。だいじょうぶ。どくじゃない」

「言葉変になってるぞ……？」

大丈夫大丈夫。

しかし、なぜだ！　なぜ味噌じゃないんだ⁉　香りは完全に味噌だったじゃないか。懐かしいと思った俺の気持ちを返してくれぇ。

心内で慟哭《どうこく》しつつ、口をゆすぐ。あー、口の中土の味がする。

「結局食べられないってことか？」

クンクンとコクシンが割った実の匂いを嗅ぐ。香りはいいんだけどな。熱を入れるとどうにかなるんだろうか。ばぁちゃん、どうやって食べてたんだ。

お前は一体何なんだ。

味噌じゃないのか。味噌の香りがするじゃないか。見た目とのミスマッチに頭が混乱する。というかお前、砂糖大根じゃないのか。前世の俺が言っているぞ。味噌の香りの砂糖とかどうなんだ。っていうか、お前本当なんなの？

ピコン。

「ふぁっ⁉」

ナンカデタヨ。

『シュ－ガ－／砂糖大根
種ごと実を煮詰めると、砂糖が取れる。灰汁《あく》を取るのを忘れないように。実のときの香りは残らない。太りにくいので女性にオススメ。
どこにでも生えているが、寒いところのほうが甘くなる』

「え、えーーーー？」

ここに来て発現したよ！　これ鑑定だよね！

ステータスチェック。

名前：レイト
年齢：7
スキル：魔力操作・弓術・鑑定
魔法：土魔法・生活魔法

「ひゃっほー！」

チート来た！　たぶん誰も持っていない不思議スキル。前世をフル稼働させてるよ！　ま、待てよ。どこまで鑑定できるかが問題だ。

手のひらを見る。『鑑定』……何も出ない。

弓を見る。『鑑定』……ピコン。

『ネギマの弓
ネギマの木で作られた子供用の弓。しなりがいい』

出た。っていうか、名前ー。

「レイト？　さっきから何一人で百面相してるんだ？　もしかして幻覚見えてる？」

ゆさゆさとコクシンが俺の肩を揺さぶる。

大丈夫。正気なはず。

コクシンに向けて『鑑定』……何も出ない。人には使えないってことかな？

もう一度。

『トキイ草
初級回復薬の主原料。どこにでも生える。一番上から三枚目までにしか薬効はない。そのまま食べても多少は効果がある。搾《しぼ》り滓《かす》はお茶に最適。栽培もできる』

出た。生えてるものにも有効。あとは魔物だが、これはあとにして……。


「解毒剤飲むか？」

心配顔のコクシンが腰を屈《かが》めて覗き込んでくる。

「あ、うん。大丈夫。ちょっとスキルが増えたから、ビックリした」

ぽかんとした顔。コクシンはパクパクと口を動かし、しばらくしてから「なんだってー!?」と絶叫した。うん。驚くよねぇ。スキルや魔法は増える。修練するとか、繰り返すとか、仕事の過程で。それは常識だけど、なかなかその瞬間に立ち会えることはない。いつの間にか覚えていたというものだからね。

「何を覚えたんだ？」

聞いてくるよねぇ。しかし、どこまで喋ったものか。前世のことは言わないでも通じるかな。言ったところで、「へぇ」で終わるだろうけど、彼は。

「『鑑定』っていう、図鑑みたいなやつかな。例えばこの弓を見ると、名前と材質とかが分かる。さっきの実はシューガーっていうらしいよ」

「聞いたことがないなスキル名だな……。それは何でも情報が見える目みたいなものか？」

コクシンが首を傾げる。

「いや、とりあえず人には使えないっぽい。まだ俺とコクシンしか試してないけど。そこに生えてる植物には通じた。魔物は、これからかな……。ステータスと同じように見えてる」

「……なるほど。しかし、それは公には言わないほうがいいな」

俺が言う前にコクシンから言ってくれた。俺もそう思う。自分で買うものの真偽を見るくらいならまだしも、商業ギルドとかに知られたら、俺は使い倒される。たぶん、迷宮品だって分かる。

「あ。コクシンちょっと魔法鞄見せて」

「ん、ああ」

くいっと腰をひねって鞄を俺の方に向けてくれる。

『魔法鞄
次元魔法が掛かった鞄。迷宮品。容量は所持者（登録者）の魔力量により変わる。時間停止機能なし。生物は入れられない。

登録者解除方法：死亡もしくは放棄の意志を持って登録陣に血判』

うん、普通に出たな。レベルが足らないとかはないらしい。

「どうだった？」

「うん。今までで知ってる情報だね。あ、容量は魔力量に左右されるみたい」

「私の？」

「登録者だから、俺も込みかな」

「なるほど。じゃあ、聞いているよりも入る可能性もあるんだな」

「かもね」

自慢じゃないけど、俺多いほうだと思うから。コクシンも少なくはないと思う。これ登録者増やしたら、どんどん増えるのかな。でもセキュリティ上ダメだな。

「しかし、レイトは次々驚かせてくれるな。私も頑張っているつもりなんだが」

あれ、コクシンがちょっとしょげている。

「まぁ俺は小さい頃からいろいろ知りたがりだったから。教会にあった本も全部読んだし。継続は力なりってやつだね」

「継続か。剣は続けているが……」

「もうあるもんね。突き詰めて剣術の上を目指すのか、相性のいい何かを探すのか。俺もまだまだ欲しいのがあるよ」

「あるのか？」

「あるよ。索敵とか、結界系とか、接近戦用に武器を鍛えたいし、料理のスキルがあったらどう違うのかとか、身長も欲しいし……」

「いや、身長は関係ないだろ」

ふすっとコクシンが笑う。関係あるよ。威厳というものが違うんだよ。隣りにいるのが高身長イケメンだから、チビが目立つんだよ。目立ちたくはないけど、ザコ扱いも嫌だよ。なんなら変身スキルでもいいよ。

「はぁ。私もいろいろ望んでみよう。それで、この実は結局どうするんだ」

あ、忘れるところだった。

「砂糖が作れるらしいから、取れるところのは取っていこう。実一つでどれぐらい取れるか分からないし」

「へぇ、砂糖ってこれから作られてるのか」

「どうだろう？　あ、鑑定すればいいのか」

魔法鞄に手を突っ込んで、瓶に入った普段使っている砂糖を取り出す。

『砂糖
サトウブリーから精製された砂糖』

「あ、違った。これはサトウブリーっていうのから作られてるんだって」

「ほう。同じように使えるのか？」

「さぁ。とりあえず作り方が曖昧だから、作ってみないことには分からないね」

せっせと黄色い茄子を収穫していく。

多分塩と同じで、大量に精製しないといけないんじゃないかな。ギルドの人に聞いてみてもいいし。でも、冒険者ギルドの図鑑には載ってなかったと思うけど。

「んん？」不意にコクシンがくぐもった声を出した。振り向くと、虚空を見つめて呆然としている。これはあれかな。

「なにか増えてた？」

そう。ステータスを見ているときの様子だ。

「ああ、今見たら、増えていた。魔力操作と表記されてるな」

「へぇ。すごいじゃん。魔法がもっと使いやすくなるね」

同時にスキル追加とか、気が合うねぇ。

「うむ。これのおかげで精度が上がったのかもしれんな。レイトのようにいろいろできるようになるかな？」

「どうだろうね。俺のは結構邪道というか、自己流がいきすぎるというか、よく呆れられるからなぁ」

「よく分かっているな。だが、便利ではある。誰も考え付かなかっただけで、〝使える〟ということは〝有り〟ということだろう」

そうだろう。見たことも聞いたこともないものは再現できないし、想像もしない。なんというか、こういうものっていう固定観念があるのかな。俺はほら、マンガとかアニメとかでいろいろ見てるからさ。

「ふふふ。実際に増えると嬉しいものだな。俄然《がぜん》やる気が出てきた」

コクシンはやる気満々だ。成果が目に見えるってのはいいよね。

◆◆◆

冒険者ギルドに戻り、依頼達成の報告をする。ついでに採取したトキイ草も納品しておいた。ニッツの街のギルドと同じことを言われたが、いちいち説明面倒です。

シューガーのことを聞いてみた。なってるのは確認してるけど、食用にはならないし、薬師も買い取らない。それ以上の情報はなかった。

やっぱり、鑑定ヤバいな。

馬に会いに行く。準備が完了したので、いつでも連れていけると言われた。天気が良ければ、明日出発ということになった。

そういえば『天気予想』なんていう、スキルがあるそうだ。農家や船乗りなど、天候に左右される職業の人達が得ることがあるらしい。雲の動きや形を読んでたら、俺も取れるのかなぁ。

砂糖を作ってみる。

とりあえず、鍋いっぱいに潰したシューガーの果実をぶち込む。水を足すべきか迷ったが、内包している水分で大丈夫そうだ。グツグツ煮ていくと、どんどんアクが出てくる。それをせっせと除去する。

「見た目が悪いな……」

そばで火の番をしてくれているコクシン。そうだねぇ。赤黒いもんね。それでいて匂いは味噌なんだよ。わけ分かんないね。赤黒い砂糖になるのかな。

一時間ぐらい煮込んだ。

色が抜けてきた。色素は熱に弱いのかな。ついでに味噌の匂いも飛んだ。代わりにほのかに甘い香りが立ってきた。

ここで濾すことにした。別の鍋に布を張り、ゆっくり注いで濾していく。種のツブツブはほぼそのまま、果実は溶けていた。

濾した液体をさらに煮詰める。

一時間ぐらい煮込んだ。

「こんなもんかな」

ほのかにピンク色をした、しっとりとした砂糖が出来上がった。乾燥させれば、市販の砂糖とそう変わらない見た目になりそうだ。いや、ちょっと粒子が大きいかな。

「んっ」

指に付けて舐めてみると、優しい甘さが広がった。コクシンにも勧めてみる。

「普通に美味いな。鍋いっぱいでこの量か……」

悩まし気な顔。

鍋いっぱい、二時間以上かかってコップに一杯分。これが多いのか少ないのかは分からないけど、自作でいくらでも作れるというなら、儲けものではないだろうか。砂糖高いし。あとは料理とかに使って、違いがないか試してみよう。

◆◆◆

あれやこれやしていたら、出発が昼過ぎになった。特に見送りはない。ドアさんとは、馬を引き取ったときに挨拶しといたからね。

そういえば、冒険者ギルドで噂《うわさ》を聞いた。例のギルド長、賄賂を受け取っていたらしい。ポイントを多めに加算したり、不祥事をもみ消したり……。職員も何人か甘い汁を吸っていたらしく、今度本部から監査が入るのだとか。

まぁもう、どうでもいい。

ポッコポッコと軽快に馬達は進む。特に指示しなくても、道なりに進んでくれるので楽だ。が、やっぱり乗り慣れていない俺にはつらい。腰とか尻とか内腿《うちもも》とか、普段使わない筋肉が悲鳴を上げている。

よくよく考えたら、馬は友達だったけど、俺は乗ってはいなかったんだよな……。農耕馬だったし、家にいたの。

コクシンはスキルがあることもあって、様になっているし疲れも見せていない。着飾って白馬に乗ればさぞかし映えるだろう。本人嫌がるだろうけど。いや、クロコもカッコいいのよ。目がキリッとしたクールっぽい子だ。ちなみに俺の馬、ブランカはギョロッとしたどんぐり眼のおっとりさんだ。

時々休憩がてら足を止め、採取しに森に入る。馬達は繋がなくても大人しく待っていてくれる。いい子達だ。こんなに頭がいいのに、主人に恵まれなかったとは。

ベリーがたくさんなっていたので、ジャムを作ってみようと思う。パンケーキを作ろう。ベーキングパウダーとか卵とかないけど。できるんじゃね？　ファンタジーだし。膨らむ膨らむ。

それだけだと腹は膨れないので、肉も用意する。といっても、買ってきたチャーシューぽいやつを切っただけだけども。味付けは謎だが、美味しかったのでいくつか買ってきた。

あとは野菜を適当に。

魔法鞄をゲットしたとき、チートキターー！　って思ったし、今でも重宝してるけど、やっぱり時間停止は欲しいなって思う。次元魔法なるものが存在していることは分かったので、どうにかゲットしたいと思っている。時間魔法もあるのかもしれない。

「見た目イマイチだけど、食えるな」

パンケーキもどきベリージャム乗せは普通だった。ちょっと膨らんだけど、パンケーキというよりかはナンだった。うむ。前世の俺はミックスを使っていたからな。みんなよく地球飯を再現できてるなぁ。

「美味しいけど、夕食にはどうかな」

コクシンも食べてくれてはいるが、肉を挟んでいる。

「そうだね」

何ならジャムをワインで煮詰めて、肉に掛けるのとかどうだろう。ま、瓶詰めして置いとけばいいか。

しかし、砂糖は普通に使えるということが分かった。まだシューガーの実は残っているので、時間があるときに砂糖にしてしまおう。

寝るまでの間は、ゴリゴリと調剤する。スキルに頼らない素人調剤だが、これまでも割と役に立ってきた。小瓶をたくさん買ってきたので、いろいろ作り置きできる。使った眠り薬を補充して、胃腸薬、初級回復薬、爆発薬、目潰し、ラー油、毒薬を作っていく。え？　変なの混じってるって？　気のせい気のせい。

回復薬の残り滓はお馬さん達に食べさせる。ドアさんに聞いたら野生でも飼育下でも、トキイ草は食べないって言ってたけど、うちの子達は食べる。決して美味しそうではないが、体調が良くなると実感しているようだ。

やればできる。

Reito no yuru-i
Tensei seikatsu

　もうすぐ次の街へ着こうかという頃、道端で所在なさげに座っている人間がいた。旅人というふうにも見えないし、農家でも商人でもなさそうだ。荷物が少ないけど、冒険者かな。俺達も人のこといえないし。

　どうする？　とコクシンがちらっと見てくる。怪我しているようにも見えないけど、無視して目の前通るのもなぁ。

「どうかしたのか？」

　結局コクシンが馬上から声を掛けた。

　茶色のくせ毛の酷い男だった。長めの後ろを束ねているが、羽ハタキみたいになっている。気が弱そうな、へにゃっとした笑みを見せた。

「お気遣いなく。採取に出てきたのはいいものの、見つけられなくて、どうしたものかと考えていただけだよ」

「ああ。冒険者か？」

「いえ。薬師です。といってもヘッポコですけどね」

　ヘッポコな薬師なんて怖いにもほどがある。薬は一歩間違えれば毒になる。実力が足らないとしても、口にすべきではないと思う。

「そうか」

コクシンもそう思ったのか、興味が失せたようだ。それだけ言って、俺を促して歩き始めた。一瞬なにか言いたそうな顔はしたが、彼は立ち上がりもしなかった。

「頼りないな。あれでは信頼できない」

「酷評だね。まぁ俺も同感。人がいいのはいいとして、自信のないもの処方されたら、治るものも治らない気がするよ」

この世界、医師というのはいない。病気や怪我はポーションで治す。症状を聞いて、個別対応できる薬を調合するか、回復薬で十分かとか判断するのは薬師だ。それで手に負えないと、祈祷《きとう》師《し》とかが出張ってくる。

なので、薬師には偉そうなやつが多い。と、ばぁちゃんが言っていた。威厳があるのはいいけど、履き違えてふんぞり返ったタイプがそこそこいるらしい。

「しかし、薬師自ら採取するのか？」

街の門が見えてきた。

「人それぞれじゃないかな。ばぁちゃんは自分で採ってたよ。足りないのは商人から買ってたな。うち冒険者ギルドなかったし」

「ふぅん」

着いたのは、この辺の産物なのか、やけに白い壁に囲まれたジョナという街だ。酪農が盛んということで、牛乳が手に入るのではないかと、期待している。あとチーズ。街の半分が山沿いにあって、段々畑のようになっているのが見えた。あそこが酪農しているところかもしれない。

とりあえず商業ギルドを訪ねる。

空き家を一日単位で借りれないかと聞いたら、訝しげな顔をされた。馬がいるし、酒場がある宿では落ち着かない、肉を捌くこともある。みたいな説明をしたら、街外れのボロ屋で良ければと紹介された。

行ってみて雨風は凌《しの》げそうなので、安く借りることにした。外観はボロいが、中はしっかりしている。台所も付いているし、ちょっと掃除すれば問題ない。馬小屋もある。蜘蛛《くも》の巣払えば使える。

換気をしつつ、過ごす部屋だけ掃除をする。家具は殆《ほとん》どなかった。ベッドもなかったが、実は魔法鞄に二人分突っ込んでいるので問題ない。

冒険者ギルドに顔を出すのは明日にして、コクシンには買い物に行ってもらった。普通の鞄を渡し、魔法鞄は俺が預かる。

そして俺はというと、お風呂の準備である！　街を出る前に大きめの樽とかないかなと探したら、ワインを作るときのタライのでかいのバージョンがあった。水を抜く栓を付けてもらって、魔法鞄に詰め込んできた。

設置場所は家の裏。男だけだし、周囲に民家はないから衝立はいらないや。でも今後のために、どこかで作ってもらっておかないと。

俺がお湯を直接出すので、火は焚かなくていい。排水のために、溝《みぞ》だけ掘っておこう。森に捨てる感じで。天然石鹸だから大丈夫。で、ここから上がる……？　なんということでしょう。縁にギリ届かねぇ……。踏み台が必要だな、こりゃ。あとすのこも作っとこう。

　コクシンが帰ってくるまで、せっせと日曜大工に精を出した。ちなみに木材なんかも鞄に詰め込んである。入れとくもんだね、なんでも。

　一通り準備が済んだけど、コクシンが帰ってこない。変な輩《やから》、ではなく、女の子に集られてるのかもしれない。心配はしない。天然スルースキルを持ってるから。

　よぉし。じゃあ、砂糖でも作ろうかな。それとも魔法の練習？　あ、お湯をすくうための桶を作ろう。

　うにうにと土が動き手桶の形にはなる。水を入れると、じわーと漏れてきた。溶岩プレート作ったときは、多少油がしみたけど大丈夫だったのに。土か？　工程に問題あるのか？　石を意識してみるか。……できたけど、重いな。軽い土、石……前世の俺が「あれだあれ」とか言っている。セラミック？　うーんいや、ファンタジーなんだし、自前で作ろう軽い土。軽くて丈夫で水漏れしなくて熱にも強くて薄く作れる、そんなご都合素材。できるできる。俺ならできる。

　ぐぬぬぬと魔力とともにイメージを練ること数分。

　ててーーん！

　手の中には軽い素材の手桶があった。黄色くて、『ケ〇リン』とか描いてあるの、見たことある……。

　ってこれ、プラスチックじゃねーの⁉

待て待て。落ち着け。プラスチックにしては透明度がないし、感触が違う。音はコンコン軽い。落としたら、……傷ひとつなし。水は、漏れない。

「か、鑑定」

『レイトチックでできた桶
レイトチック／レイトが生み出した化合物。軽くて丈夫で熱や水に強く、加工しやすい〝ナニカ〟。あくまで土。土に還るので環境に優しい。欠点は概念が存在しないので、作るごとに相当のイメージが必要』

……え、いや、怖っ。

なんか、俺の名前が表記されとる。鑑定ですらよく分からないナニカ認定されとる。本当に作れちゃったよご都合素材！　どうすんのよ！

まぁ、作れてしまったものはしょうがない。結構魔力持っていかれたけど、問題なし。ステータスに変化は……なし。説明通り、あくまで土魔法の範囲ということだ。

他に鑑定できる人がいればヤバいけど、聞いたことないし魔導具でも知らない。俺が言わなければ不思議素材でしらばっくれる。何ならダンジョン産と言っておけばいい。ダンジョン産なら〝しょうがない〟で済む。不思議の宝庫ダンジョンバンザイ！

よし、落ち着いた。

とりあえず、黄色はまずいので鞄に仕舞っとこう。もう一個、茶色で作る。文字もなしだ。普通のツルッとした桶……。

「……え、ムズくない？」

できたのは普通に土製の失敗作だった。ツルツルはしてるけど、水を通してしまう。

ええい。レイトチック製だよ。ケ◯リンの茶色バージョンだよ。軽くて丈夫で水漏れしないやつ。イメージを固めるんだ。そう、まるでそこにあるように。

テテーン‼

茶色の謎素材の手桶ができた。

やればできる。頭痛とともに喜びを噛みしめた。

◆◆◆

「ただいま……」

コクシンが帰ってきた。何かぐったりしてる？　というかすごい荷物だな。渡した鞄以外も手に持ってるけど。

「おかえりー。遅かったね。女の子と遊んでたの？」

……睨まれた。

「昔々女の子だった人達だけどね」

「今は男ってこと？」

「そうじゃなくて、お年寄りってことだ」

「ああ、うん。え、おばあちゃんにモテてたってこと？」

ドサリと荷物を置き、水をくれと所望されたので、ちゃんと冷やした水をコップに入れて渡す。ぐいっと呷り、「私はもう買い物をしない」とか打ちひしがれている。

聞くと、モテていたというより、カモにされていたということのようだ。

気になるものを金に糸目をつけず買っていたら、あれもこれもと勧められたらしい。説明を聞けば、なるほど使えそうと思ってしまう。気付いたら結構な量になっていて、流石にまずいと帰ろうとしたのだが、また別のおばあちゃんに捕獲され……と続いた結果がこれだそうだ。

「まぁ、たしかに晩ご飯用のパンを頼んだだけにしてはあれだけど……」

「あ」

ふいにコクシンが伏せていた顔を上げた。

「……まさか」

「パン買うの忘れた」

何急にポンコツになってるんですか、コクシンさん。いやまぁ、自由に生活を楽しむためのものを買うようになって日が浅いというのは分かる。それまで生きていける分しかお金を使わなかったからね。勧められたら欲しくなる。俺も割りと衝動買いする方だし。けど、外見を裏切ってるんだよなぁ。王子様なのに。あ、王子だからか？　ならいいのか。いや、よくないな。

やればできる。


「食べ物はあるの？」

とりあえず袋の中身を全部出す。何かの実、干し肉、干し……野菜？　あ、干しブドウ。キレイな小物入れ、指輪、野営用のテント、折りたたみの椅子。カブっぽい根野菜、何かの調味料、でっかいパン。

「あ、パン入ってるじゃん」

「本当だ。いつの間に……」

何買ったのか覚えてないのは流石に……。まぁぼったくられてなければいいんだけど。大体の物は使えそうだし。

「ま、これで次は気をつけるでしょ。てか、コクシンの稼ぎだし好きに使っていいんだよ」

借金は困るが、持って行けちゃうのでいいんじゃないんでしょうか。

「……いや、行かない」

よっぽど怖かったのかね、おばあちゃん集団。

とりあえずご飯にする。俺が用意している間に、コクシンには馬達にご飯をあげてもらっておく。

本日のメニューは、野菜ゴロゴロスープ、溶岩プレート焼肉パンに挟んでラー油添え。トキイ草のおひたしミツの蜜和え。

ラー油がいい感じに味変してくれたけど、コクシンは辛いのダメっぽい。今度ケチャップ作るからね。おひたしは甘苦い不思議な味。ナッツを入れたい。

さてさて、腹ごなしも済んだので、メインイベント風呂ですよ！　裏庭にご案内。

「だから、ひとりで入れるってば」

「何言ってるんだ、桶のが大きいじゃないか」

「踏み台あるし」

「いいから入るよ」

……ということで、お一人様では入れさせてもらえなかった。すのこの上で体を洗い、コクシンにヒョイッとされて湯船に浸かる。よく考えたら、湯船の中にも踏み台必要だった。外用に作ったものを、湯船に沈めて腰掛けるとちょうどいい。むぎぐ。成長期はいつですか。

「ふは～」

「あ～」

分かる。声出るよね。肩までお湯に浸かると、ホント気持ちいい。芯から温まってくるのが分かる。コクシンは隣でパシャパシャ肩にお湯を掛け、初めてのお風呂を楽しんでくれているようだ。

「たしかにこれは気持ちがいいな。レイトがお風呂お風呂言ってたのが分かる」

「でしょー？」

「これだけ水を出して問題ないのか？」

「平気。今日はこの前にちょっと魔力使ってたから危なかったけど、フルなら余裕」

「ふぅん」と相槌を打つコクシンの肌が薄く赤くなり始めている。熱いかな。温めにしたつもりだったんだけど。

「何してたんだ？」

「え、ほら、あれだよ。あの手桶をね」

「ああ。あれ軽くていいな。土といっても、色んなのがあるんだなぁ」

コクシン深く考えないから好きよ。軽い土もあるんだなぁで済む。

「……もうダメだ。ボーッとしてきた」

ざぱーっとコクシンが立ち上がる。前を隠せこのやろう。あれやこれやが悔しくなんかない。

「まだ入ってるのか？」

「うん。もうちょっと。湯冷めするから、先に中入っていいよ」

「分かった。出るとき呼べよ？」

「出れるよ！」

体を拭きながらふくふく笑うコクシン。善意で言ってくれてるのは分かるけど、俺だって男の子ですし、もう成人してますし、一人でできるもん。

「ふひ～」

縁に頭を預け、夜空を見上げる。空には月が浮かんでいる、二つ。これも見慣れたな。なぜか二つとも同じように満ち欠けする。この世界に自転があるのかとか、そもそも丸いのかとか知らない。考えても埒《らち》が明かないし。前世と同じような物理法則が使える割に、あてにならないこともある。便利な言葉、ファンタジー故に。

ぱしゃりと濡れた手を上げた。まだまだ小さな手だ。この手が大人サイズになる頃には、何をしているだろうか。

遠くでなにかの遠吠えが聞こえた。

そろそろ上がるか。

底の方に付けてもらった栓を抜く。渦を巻きながら、お湯が抜け始めた。掘った溝を溢れることなく、かすかな湯気を立てながら森へと消えていく。よしよし。

「……」

あれ、意外と高いな。おまけに踏み台を持ち出そうとすると、出られなくなる。これは後でコクシンに回収してもらおう。縁に足を掛け、身を乗り出す。

「とうっ！」

ずしゃっ！　ごちーん！

「くぉおっ……」

すのこの上で派手に転んだ。しかもその瞬間を裏口のドアを開けたコクシンにバッチリ見られた。そっとドアを閉じて見なかったことにしてくれる優しさは彼にはない。慌ててやってきて、スッポンポンで蹲っている俺を覗き込む。

「おい、大丈夫かっ？　ケガは？」

「だ、だいじょうぶ……」

痛いのは俺の心です。

「だから呼べと言っただろう」

「……ソウデスネ」

できると思ったんだ。コクシンだって男の子なんだから、高いとこから飛び降りてみたことあるだろう。俺中身大人だしさ。スべらなかったら華麗に着地してたよ。

……あ、すんませんでした。本気で心配しているコクシンにごめんなさいする。次からは呼びます。あ、いや、階段付けます。中と外に。取り外しできて、水捌《みずは》けのいい……あ、珪藻土《けいそうど》とかどうでしょう。

「早く服を着ろ」

「あ、はい」

マッパで風呂桶を睨んでいたら呆れられた。

俺の快適風呂生活はまだまだ改善の余地がありそうだ。

◆◆◆

今日の朝ご飯はナンなんです。……いや言ってみたかっただけです。朝市でトマトが買えたので、なんちゃってケチャップと蒸し鳥を挟む感じで食べた。

冒険者ギルドに向かう。

いつものように書庫に向かう。ここのギルドはあまり良い印象を持たない。面倒臭そうに「書庫ですか？」って言われたし、その書庫がホコリにまみれている。勝手に窓を開け換気しつつ、パタパタしてから資料を読む。

「豊富そうだけど、資料が古そうだなぁ」

俺が見ているのは採取の資料だが、紙が色褪《いろあ》せている。長い間更新されていないみたいだ。一応地図とともに確認しておく。

「魔物は前の街で見たのと同じだな」

「そうなんだ」

「こっちも今と合致しているかは怪しいな」

コクシンが見ていた魔物図鑑から顔を上げる。紙の資料を重視していないのかな。まぁ、識字率が低かったらそうなるのかもしれない。

とりあえず購買を冷やかしてから、掲示板を見に行く。

「……んん？」

採取系の依頼が殆どない。常時依頼でどこにでもあるだろうトキイ草の依頼は、かろうじて端っこにあった。それから食材扱いのキノコ。あとは遠い地の討伐採取系だけだ。

雑務系、魔物討伐系は普通にあるのに。首を傾げていると、カウンターの方から「採取」の単語が聞こえた。振り返ると、昨日のヘタレだった。

やればできる。


「どうしてもですか？」

縋り付くような声に、受付嬢は面倒そうに、

「ですから先ほどから申し上げておりますように、レルラ薬店でお買い上げください。こちらでは基本的に薬草の採取依頼は受け付けておりませんので」

と言った。ギルドが採取の依頼を受け付けないってどういうことだ。

「あの、すいません」

受付嬢に声を掛けると、声の主を探して視線が彷徨った。コクシンに目を留めたが、そのコクシンが下の俺を指差す。今、作り笑顔が一瞬スンってなったの見たぞ。

「どうして採取系の依頼がないんですか？」

「ああ。こちらの街は初めての方ですか？　こちらにはレルラ薬店という総合薬店があるんです。独自に人員を雇用して採取部があるので、依頼しなくていいんですよ。店は他の街にもあって、融通し合ってますし」

それは、自分のところで賄《まかな》えば依頼料分掛からなくて済むかもだけど。

「でも、他にも薬店あるんじゃ」

「さあ。でも冒険者ギルドではすべてレルラ薬店から納入して十分在庫ありますし、市民にも安く手に入るので人気です。いまのところ不満はないかと……」

う、うわー。これその総合薬店が幅を利かせてるってことか。大きいショッピングセンターができて、小さい個人店が潰れていく……みたいな。だからって、ギルドみたいな公の機関まで切

り捨てていいのか？

ヘタレ薬師さん蒼白だよ。

「他の薬師の採取依頼受けるなって言われてるんですか？　レルラ薬店に」

受付嬢はびっくりしたように目を見開いた。

「まさか。ただ依頼報酬が僅かで、受け付けても誰も取らないもので」

いや、笑顔怖っ。

「なるほど。冒険者も報酬がいいものから取りますもんね。受け付けても未達成になる確率が高いと」

「はい」

「なるほど、納得です。ご親切にありがとうございました」

大サービスで笑顔も付けといてあげよう。目を付けられたら嫌だし。あ、依頼は受けません。今日は帰りますねー。

回れ右する俺達を、受付嬢の「またどうぞー」という声が追ってきた。

「あ、あのっ」

冒険者ギルドを出てしばらく歩いたところでヘタレ薬師が追い掛けてきた。立ち止まり、振り返る。

「さ、さっきの話って、つまりどういう……」

分かってなかったのか。コクシンを見上げると肩をすくめてみせた。好きにしろってことかな。

やればできる。

◆◆◆

とりあえず落ち着けるところということで、薬師くんの店へと案内してもらった。ばぁちゃんと同じく街外れにあった。懐かしい、いろいろな薬の入り混じった匂い。しかし売り物が置いてある棚は、スカスカでどう見ても儲かっているようには見えなかった。

「ラダと申します。独り立ちしたばかりなのですが、困ってしまって。さっきみたいに依頼は受けてくれないし、自分で採取しに行ってもなかなか揃えることができません。レルラ薬店というところに買いに行くと、すごく手数料とやらを取られて……」

ため息をつくラダさん。俺もため息をつきたくなるわ。

「この店はあなたが？」

「ああ、いえ、元々は師匠の店です。一通り教えてもらったら、『旅に出る！』とか言ってどこかへ行ってしまいました。僕は店を持つことが夢だったので喜んで買い取ったんですけど……」

「なに？　借金があったとか？」

ブルブルとラダが首を横に振る。

「いえ、僕が悪いんです。お店って、開いてれば客が来てくれると思ってたから」

「そりゃあんたが悪い、というか、商売を舐めてるね」

ラダが「返す言葉もない」と体を縮こませる。

「で、結局この街はどうなってるんだ？」

コクシンが首を傾げる。

「まぁ、簡単に言えばレルラ薬店が牛耳ってる。かな」

「悪の組織か？」

悪の組織って。いつからヒーロー物に……。

「ただの商店だよ。いや、上の方には怖い人がいるかもしれないけど。単純に顧客を集めているだけで。全部自分のところですることで単価を安くする。結果個人店が太刀打《たちう》ちできず、一人勝ち。儲かれば他の街に支店を出して、採取物を融通し合い、さらに値を下げられる。そうして他の薬店が全部潰れたところで、値を吊り上げる。すると高くてもそこで買うしかない……みたいな」

「なんてことを考えるんだお前は」

カウンターに肘を突き、コクシンが呆れた視線を投げかけてくる。ラダはガクブルしている。

「まぁ、後半は俺の妄想だけど。案外師匠もそれを見越してさっさと店を手放したのかもよ」

あはは。と冗談混じりに言ったつもりが、ラダの目から滝のような涙が溢れた。

「し、師匠が言ってたのって、こういうことなんですかー？　この街はもう駄目だって、なんではっきり言ってくれなかったんですかー！」

「……レイト」

コクシンに泣かすなよと睨まれる。冤罪《えんざい》だよ。

やればできる。


「ギルドが便乗してるのは？」

「うーん、あのお姉さんの様子からして、なにか融通してもらってるのかもね。例えば、安く納入して差額を懐に入れてるとか。レルラ薬店に買いに行くよう仕向けることで、見返りがあるとか……」

はぁ～っと大きなため息。コクシンだ。

「どこもかしこも真っ黒か」

「まぁまぁ。想像よ想像」

と言っても、どの街にもなにかなぁ。あれか、領主が黒いからか。この領大丈夫か？


「僕は、どうしたらいいんでしょうか……」

ひとしきり泣いたあと、ラダは困り果てたようにそう呟いた。知らんがな、と言いたいところだけど、コクシンさんが見てる。お前どうにかしろよ、みたいな。この街の情勢じゃなくても、潰れてたんじゃないかなぁ、この店。

聞くと、元々商人になりたかったらしい。しかし授かったのは、『栽培』と『調剤』だった。地元の薬店に弟子入りした。細かい作業が苦にならず、薬師は向いていると思った。薬店を開くことを夢見てその店の主から、ここの師匠を紹介された。ようやく一通り作れるようになった。で、諸々《もろもろ》あって今に至る。

「自力調達で頑張る」

「……それができるなら苦労しないです」

いや、しろよ苦労。言うと「だって魔物怖いんだもの！」と眉を八の字にする。

「師匠も採取しない人だった？」

コクリと頷く。

「半分ぐらいは知り合いが持ってきてくれるのを買ってました。その方は師匠より前に引退されましたけど。残りはギルドの依頼に出して……」

「その頃は受け付けてくれてたんですね。あなたに代わってからですか？」

「最初は変わらず……。えと、ちょっと間を空けたことがあって、いつの間にか……」

ラダが視線を右下の方に彷徨わせる。

「どこか行ってたんですか？」

「……くて」

「え？」

「ギルドの受付嬢さんが怖くて！」

何言ってんの？

「だってあの人、終始笑顔で怒るんだもの！　報酬少ないって、こんな少量無理って、また来たんですか？　ってぇ～」

またハラハラ泣き始めるラダ。

ダメだこれ。根本的に対人や交渉事が向いてない。この性格で何で商人になりたいと思ったのやればできる。


か分からないけど、お店やるなんて向いてない。

「じゃあ、第二案。レルラ薬店に雇ってもらう」

「ふぇぇ」

「店を切り盛りするのは向いてない。客のこと頭にないのも問題だし。なら、下請けで調剤だけやってれば？　レルラ薬店だって薬師は必要だろうし」

ただし、ホワイト企業かどうかは知らない。

「だ、第三案は……」

こいつ、ヘタレのくせに。

「店を売り払い、別の街で再起を図る。ここまでおかしいギルドはそうそうないだろうし」

「別の街……」

「その際、街の状況をよく確認すること。例の店がないか、今後出店してくる可能性がないか。同業者がどれくらいいるか。どんな人達か。周りに採取に適した場所があるかないか。税や流通、治安はどうなのか。土地代や家賃と人通りを考慮し、収支を」

「レイト、レイト」

「検討し……」

「……」

コクシンの言葉に我に返ると、ラダが仰向いて白目を剥いていた。なぜに？

「……理解できてないと思うよ」

俺そんな難しいこと言った……？

「はっ。死んだじいちゃんがいた！」

がばりとラダが首を起こした。死にかけてんじゃないよ。俺の言葉は呪いか何かか？

「ラダ。はっきり言うぞ？　お前が店を持つのは無理だ」

コクシンがしんみりと、しかしハッキリ告げる。ラダは目をパチクリさせて一瞬止まり、それから空気が抜けるようにヘナヘナと萎《しお》れた。

「そうですか……。薄々思ってました。子供の頃夢見た店の主と今の自分、何もかもが違っていて。呆れますよね。いちいちお客さんにビビる店主とか……」

ビビってたんかい。

なんというか、フワフワしているというか、危機感がないというか……。性格なのか生まれ育ちなのか。

「僕は……どうしたら……」

振り出しに戻ってんじゃねーか。

ため息をつく。コクシンもため息をついた。

気晴らしに棚の商品に目をやる。品は少ないが、掃除が行き届き向きを揃えて置かれている。入っている分量も揃っている。商品に対してはきっちりしているのに……。

ちょっと鑑定してみた。どれも最良品質だった。

「ねぇ、ここにあるのって師匠が作ったやつ？」

顔を上げたラダがフルフルと首を横に振った。

「全部僕のだよ。この店の裏に小さい畑があってね、そこでトキイ草とか育ててるんだ。そこの三種類しか作れないんだけど」

なるほど。単純に腕はいいんだな。ただ値段は少し高めだ。師匠のままの値段なのか、自家製ゆえの値段なのか。安いのが出回っているなら、なおさら売れないだろう。俺みたいに鑑定があれば別だけど。

ちなみに俺が作ると大体〝普通〟になる。

「初級回復薬、一本買っていい？」

「え、そりゃ……いや、お礼に」

「ちゃんと払うよ」

お金を払い、栓を開けてぐいっと呷る。

なるほど。品質の差がどこに出るのかと思ったけど、苦味がないな。それに加えて、すっと体に染み渡るのが実感できる。もしかしたら治療の効果にも差があるのかもしれない。

「薄めてないからね！」

ラダが慌てたように言ってくる。

「え？」

「あれ、違った？　なにかじっと見てたから。薄めてないんだけど、みんな薄いって言うんだ。回復薬は苦いものなのにって」

「ああ。師匠のはどうだった？」

「それと同じだよ。でも師匠のはそんなこと言われてなかった」

師匠も腕は良かったんだな。弟子を置いていったのはいただけないけど。なにか理由があったのかな。だとしても少々無責任というか……。

多分師匠は出来上がったものにわざと足して、売り物は苦くしてたんじゃないんだろうか。

コクシンが首を傾げている。ちょいちょいと手招きして、コソッと考察を告げてみる。

「それで、どうするんだ？」

「うーん、薬師としてはもったいないんだよね。誰かの店で働かせてもらうか、道のりは長いけど、自信を付けてもらうか……」

「自信か」

「自分でヘッポコって言ってたよね。すごいものを作れるって自信を持ってもらいたい。あと、人との交流と薬以外の知識。交流は俺も苦手だから、コクシンに頼むとして」

「は？」

「難しいこと良く分かんなーいという性格をたたき直す」

「あ、あぁ」

一言で言えば、甘ったれんな！　かな。

それはそれとして、今後どうするか。薬師の知り合いはばぁちゃんしかいない。まぁばぁちゃんならビシバシ指導してくれるだろうけど、もう年だしな。

「うーん、ラダさん」

「え、あ、はい」

振り向き声を掛けるとビクッと肩を揺らした。

「冒険者になる気はありますか？」

「ふぇぇ？」

「普通の旅人でもいいです。色んなところへ行って、色んなものを見てきてください。その過程で自分の腕がどのくらいなのか分かるでしょうし、見聞きしたことは糧になります。それで自分に合う土地を見つけてから店を作ればいいと思います」

「たたた、旅？　僕がですか？」

ラダさんは目を白黒させている。

「七歳の俺ができてるんです。できますよね？」

「う、お、え……」

「僕なんてとか言ってないで、ちったぁ荒波に揉まれてくればいいんですよ」

「ふへぇ……」

ラダの言語が壊れている。まぁ俺の言ってることも大概めちゃくちゃだな。結局放り出すと。

「まぁまぁ。ラダも私達に付いてきたらいいんだよ」

「ふぇぇ？」

え？　コクシンさん、何言っちゃってんの？

ぽかんとした俺とラダ。そして、「え、なんでそんなにびっくりしてるの？」みたいなコクシン。

「いやいや、コクシン。なんで俺が面倒見ないといけないのよ」

「？　性格叩き直すって言っただろう」

言ってな……言ったな。いや、言ったけども！　言葉の綾《あや》っていうか、ここでちょっと言い含めて、あと頑張れとかするつもりで……。

「レイトは年上だろうがはっきり言うし、薬に関しても詳しいだろ。その辺もついでにアドバイスしてやればいいじゃないか」

「え、薬？　薬師なんですか!?」

あ、ラダが我に返った。こっちに詰め寄ってくる。

「違うよ」

「おばあさまに習ったらしいよ。簡単な薬なら作れる。私も毎晩初級回復薬飲まされてるよ」

いやいや飲んでるみたいに言うな。あなたの健康を願ってのことなのよ。飲まないと飯作らんとか言った記憶あるけども。慣れたら飲めるって。

「え、『調剤』あるのに冒険者なんですか？」

「スキルはないよ」

「……？」

「あれ。その辺は教わってないのか。簡単なものはレシピさえ知ってれば、スキルがなくても作

やればできる。


れる。もちろん本職が作るものよりかは劣るけど」

鞄から俺が昨日作った初級回復薬を取り出し、ラダが作ったものの隣に並べる。

俺のは青汁。ラダのはほうれん草の茹《ゆ》で汁。

つまりは透明度が違う。

「ちなみにこれが市販品」

間にもう一つ出す。絵の具を溶いたような不透明な緑。見事にグラデーションになった。

「ふぉぉ」

興奮したようにテーブルにかじりつくラダ。

「なんで初めて見たようなリアクションなんだ？」

コクシンが首を傾げる。

「師匠の腕が良すぎたのかなぁ。たぶん、ラダに輪をかけた薬馬鹿だったんじゃないかな。それか、最高のもの以外は認めん！　みたいなタイプだったたか」

ラダにしてみれば、俺のや市販品は失敗作なんじゃないんだろうか。

「ラダさんって、販売してる薬って見たことないの？」

「う、えー……」

ないのか。どういう生活してきたんだ。ギルド行ってるなら見ろよ。他の人が作ったものに興味がないのか、作ることにしか興味がないのか。

「商人になりたいとか言いながら、そのへんの知識ないのなんでなの？」

気まずそうに視線がウロウロするラダ。そういえばこのヘタレいくつなんだ。コクシンは同年代扱いしてるな。二十前後か。それにしては箱入りな……。

「待って。ラダさんって家名とかあったりする？」

「ふぇぇ」

あ、なにか面倒くさそうなの引いた。タメ口まずい？　いや、本人気にしてないみたいだから、もうタメ口でいいや。

「それで苦労してないように見えるのか」

これ俺じゃないですよ。コクシンです。

「い、今はないです。というか、ちょっと大きめの商会の、三男でした」

ラダはとある商会の第二夫人の子供だった。ちなみにこの国では養えるのであれば、一夫多妻も一妻多夫もオーケーである。ラダが薬店に弟子入りして家を離れたあとの話。なんと夫人はライバル店の息子といやんな仲になってしまったらしい。しかもお金や情報を持ち出して貢ぎ、バレて刃傷《にんじょう》沙汰《ざた》にまで発展。夫人はとっ捕まり、息子のラダは家名を捨てることになったということのようだ。

そんな裏話を、師匠から去る際に明かされたのだとか。

なるほど。商人になりたいというのは、家業がそうだったからか。

「いやだからって、ポンコツすぎるだろう」

「ポンコツって言ったぁ」

「自分でヘッポコって言ってただろうに」

「……そういえば言った」

えへへっと眉尻を下げて笑うラダ。

「ラダいくつなの？」

「歳？　十五です」

コクシンと俺の反応は微妙だった。実は一番年上だとか言われなくてよかった。十五のわりにフケて……げふん。いや十五でその言動？　みたいな。

「……まぁ、それはそれとして」

「え、聞いといて何もなし？」

「連れて行くって本気？　コクシン。俺ら馬よ？」

ラダが俺とコクシンの顔を交互に見る。身長差により軌道が斜めなわけだが。

「この店売ったお金で買えるだろう？」

「え、売るのぉ？」

素っ頓狂な声を上げたラダに、コクシンは肩をすくめてみせた。

「さっきの話聞いてたのか？　自分で立て直せるなら、もちろん無理強いしないよ。頑張れ」

「ふぇぇ」

情けない声を上げながらこっち見られても困る。

「レイトはこのままで店がもつと思うか？」

「え、うーん」

並んでいる薬を見る。現状、庭で採れるので作れる薬がこの三種類だけだとしたら、厳しいだろう。

初級回復薬、下剤、毛髪変化剤。

……なんでこのラインナップなの？　逆に今までどうやってもたせてたのか、聞きたいくらいだ。

「師匠の薬は売れてた」

つまり今まで師匠が作ったやつを売ってしのいできた。だが、それも底をつき自作が売れず、頑張って外に行ってみたところで俺達と会ったんだな。

ちなみに毛髪変化剤というのは、いわゆるヘアカラーだ。俺が生まれた頃に一時期流行ったらしいやつで、付けると毛色などが変化する。ただし何色になるかは分からないという、無駄に博打性がある代物。色どころか毛質や髪型まで変わるというファンタジーにもほどがある仕様で、どこぞの令嬢がツルッパゲになり訴訟やらなんやらでご禁制になったとか、ばぁちゃんに聞いたんだけどなぁ。って、これまずいな。

「……とりあえず、この髪のは仕舞っとけ？」

「なんで？」

「それ多分、ご禁制になってる」

「え、うそ。僕使ったことあるけど！」

それでその髪型か！　っていうか、良かったなぁそれで。コクシンも知らないようなのでカクカクシカジカ。ラダは無言でプルプルしていた。

「そんなわけで、売れるのが初級回復薬と下剤です。無理ですな」

品質良くても初級回復薬は栄養ドリンク扱いだし、下剤なんてそう使う場面がない。

「ということだ。借金をしてでもいいなら」

「えヤダヤダヤダヤダ」

「じゃあどうするんだ？」

コクシンが追い込んでいく。やけに積極的だな。

「そんなに連れていきたいの？」

「ラダに回復薬を作ってもらえば、苦いの飲まなくていいだろう？」

このやろう。俺のが苦くてヤダってか。良薬口に苦しといってな？　まぁ、俺も美味いならそれに越したことはない。そうだな。食事に美味さを求めるなら、薬にも求めたっていいよな。

「よし。ラダはこれから回復薬製造機だ！」

肩をポンしてにっこり。したいところだけど届かないので、小首傾げて可愛いアピール。

「え？」

「違った。旅に必要な薬を随時作ってくれるって条件で、面倒見てあげよう！　そうだな。コクシンからは剣とか学ぶといいよ。俺はご飯作るから！」

「……ご飯」

お腹鳴ったね。食い付いたね。コクシンが、美味いぞ！　とサムズアップしてる。お昼ご飯にしてついでに店売ろうとか言ってんじゃないよ。ラダの一大事なんだぞ。

「分かった。何持っていけばいい？」

ラダさん？

「とりあえず権利書と……」

コクシンさん？

ちょっと待とうね。即決で決めることじゃないよ。ご飯は作るから、だから、魔法鞄に全部放り込もうとするの止めようかコクシン！

◆◆◆

お昼ご飯は、丸パンを割って焼いた肉と野菜を載せ、溶かしたチーズをトロ～と掛け胡椒をパラリ。

癖のない溶けるチーズが手に入ったのですよ！　前世じゃ買ったことのない塊で買った。日持ちするらしいので、それなりの値段するやつをホイホイ買った。牛乳もちょっとだけ。バターも買った。ホント時間停止機能が欲しい。

その日は一旦解散とした。勢いで売って後悔されても困るしね。

晩ご飯はシチュー！　牛乳美味し。干し肉と根野菜と、蛇肉入れた。庭にいたからさ。コクシン「鳥ウマー」って言ってたよ。

翌日ラダの店に顔を出す。旅支度をしたラダが笑顔で待っていた。考えは変わらなかったようだ。まぁいいか。このままここにいても食い物にされるだけだろうし。

店内と自室にある、持って行きたいものを魔法鞄に放り込んでいく。庭の薬草も摘んでおいた。トキイ草以外は使用方法間違えるとやばいやつなので、燃やしておく。

魔法鞄のことを説明し登録するように言ったのだが、拒否された。もう入れちゃったよ？　自由に出せなくなるんだよ？　そう言ったのだが、「なんか怖い」とかビビってた。大きな商会だったのなら見たことあるんじゃないのか。

よくよく聞くと、商品がたくさん並んでいるのを見るのが好きで（でも一つ一つには関心がない）、商人になりたいと思ったらしい。売ってる人すごいとか、交渉する父様かっこいいとかじゃなかった。

商業ギルドで店を売り、その一部で馬を買う。薬店だと言ったとき、応対してくれたお兄さんがなにか言いたそうな顔してたけど、気付かないふりしといた。他にも売りに出された薬店があったのかもしれない。

そういえば、コクシンは思うところがないのかと聞いたら、寂しそうに、「私にできることはない」と言った。

◆◆◆

昼過ぎには街を出た。ラダは冒険者登録しないことになった。ちなみに薬師に資格とかない。

カッポカッポと馬が行く。馬に乗りながら、ラダがあわあわしていた。乗ったことなかったらしい。さいわいいい子が買えたので、暴れなければ勝手に運んでくれる。跨がろうとしたときまで乗ったことがないことに気づかないとか、ラダはラダである。

ラダの馬はコクシンのと同じ黒鹿毛だ。ただ耳が大きくて、なにかロバが混じってそうな顔をしている。名前はツクシ。オスだ。

「次の街で領が変わるんだよね？」

「ああ」

「領が変わると、なにか変わったりするの？」

「さぁ。私は出たことがないし」

ラダは……ダメだな、話ができそうにない。それに知ってるわけがない。

今後あの街はどうなるのだろうか。俺の妄想に近いことが起こるんだろうか。それとも、誰かが咎《とが》めて正常になるのだろうか。

まぁどうでもいい。

正直、正義感なんてものは俺にはない。降りかかる火の粉は振り払うが、消火に向かおうとま

ではしない。

ラノベのように、いつの間にか権力者が味方についてて街を救ったり、助けた女の子が王女で王族と仲良し……なんてことにはならないのだ。

俺は平々凡々な七歳児。逃げられるなら逃げます。


「ひぇぇ」

ラダの腰が引けていた。俺が鹿を捌いているのを見て、キャーキャー言ってる。俺達に同行するなら、これぐらいは慣れてもらわないと困る。何しろ市販の肉を買う気はあまりないからね。

「はい、これが心臓。魔物ならこの近くに魔石があるんだ」

ズルリと取り出した血まみれのそれ。まだ温かい。「持ってみる?」と聞いたら千切れそうに首を振って拒否した。まぁこの行為自体はコクシンも白い目で見ているけども。

別に怖がらせようとしているわけでも、冒涜《ぼうとく》してるわけでもない。ただ自分の中にどういう器官があるのかって、知ることは大事だと思う。それが作る薬に影響するかは、分からないが。

回復薬でたいてい治る……というのが一般的な考え。ただ頭痛薬とか下痢止めとか、ピンポイントに効く薬がある。ということは、どこがどうなってこんな症状になってる……という知識はあると思うんだ。それとも、たまたまそういう効果のある薬草があったから、作ったんだろうか。

調剤のスキルが作用してるだけで……。いや、そうだよなぁ。薬草自体不思議物質だし。薬飲んで手足くっつくとか、意味分かんないよな。

「レイトレイト、それ止めない？」

「え？」

ちょっと思考の海に潜《もぐ》ってたら、コクシンから苦情が来た。うむ。ボーッとしながら心臓ニギニギしてるのはいただけないな、たしかに。俺でも引くわ。

「ごめんごめん。で、これが腸で」

「ふぇぇ」

「……」

ごめんて。解体授業はこれで終わるから、そんな怖い目で見ないでよ。必要なことよ？　ぶっちゃけさぁ、討伐依頼に、〜の目玉とか〜の睾丸《こうがん》とか〜の毒袋とか、あるのよ？　魔物の体は資源なのよ？

ドン引きされたので、あとは黙々と解体を済ませる。角も大きいサイズなので売れそう。皮は……売れるな。コクシンが一撃で首落としたからな。肉の半分は葉っぱに包んで魔法鞄に放り込んでおく。

「そういえば、ラダ。聖水って作れる？」

ふと思い出した、ばぁちゃん情報。聖水って浄化作用があるんだって。卵に使って、生卵食えないかな……。

「聖水は……作れるけど作れない」

「なにそれ。材料ないってこと？」

「それもあるけど、あれ、教会関係者しか売っちゃいけないんだよ。師匠に何回も言われた」

「うへぇ。利権の闇が見える……」

たしかに名前からして教会にありそうなものなんだけどさ。卸値と売価が違ってそうで怖いな。

「……ん？　売らなくて自分で使うならオーケー？」

「え？　え、どうなんだろう……」

ラダが首を傾げる。

「なんでいきなり聖水が出てきたんだ？　あれは騎士団でもそうそう買えない高価なものだぞ」

コクシンの言葉に「マジで⁉」と思わず声を上げてしまった。じゃあマズイか。聖水に卵浸けるとか、あちこちから非難轟々《ごうごう》案件か。

「レイト。何するつもりだったんだ？」

落ち込んだ俺を見て、コクシンは何か察したようだ。声ちょっと低くなってるよ？　やだ、こいつまたなにかやらかそうとしてるって目で見てる。

「いやさぁ、聖水って浄化作用があるんでしょう？　だからさ、食べ物浄化できたらいいなって思ったんだ」

「……食べ物を？　消すってことか？」

あーうーん。雑菌とか寄生虫とかそういう概念ないんだよなぁ。ただ代々、これは生で食べてはダメ、みたいな感じなだけで。

聖水＝キレイに消しちゃうってイメージかぁ。

「例えばさ、卵って生で食べられないだろ？」

「そうだな。焼いて食うものだ」

俺は茹で卵も好きよ。……っていうか見たことないな。あれ？　茹でないのか？

「それはだいたい、古かったりするから生で食うなっていうのもあるんだけど、殻とかに雑菌が付いてるからでもあるんだ。火を通せば雑菌は死ぬからね」

「ざっきん」

「なんて言ったらいいのかなぁ、目に見えない人体に悪影響を与えるもの、かな」

「呪いのこと？」

ラダ、違うんだよなぁ。そう言ったほうが分かりやすい？　でもそうすると呪われてたもの食べるってことになるよな。なんて説明したらいいいんだ？

ふいにポンとラダが手を叩いた。

「思い出した！　たしか師匠がそんな感じのことを言ってた気がする。なにか悪いものだけを除去するのが浄化だって」

「そうそう。腹を壊したりする悪いやつね。で、それを取り除くことができると、食べられるようになる。かも？」

「なるほど。キレイにするって意味か？」

コクシンの言葉に、ウンウン頷く。

「目に見えない汚れを取る感じかな。でも高いんじゃあ、とても使えないね」

「うーん」

ラダが腕を組んで首を傾げている。

「どうした？」

「聖水は使えなくても、浄化の魔力はどうにかしたら使えるかも」

「浄化のスキルがあるってこと？」

「ううん。えーっとね、素材を混ぜるときにね、例えば聖水なら浄化の魔力を意識して注ぐんだ。回復薬なら治れ〜っていう魔力」

「へぇ。じゃあ意識せずにただの魔力なら？」

「それでもできるけど、効果は落ちるって」

ふぅん。その辺は初耳だなぁ。ばぁちゃんは魔力を注ぐとは言ったけど、細かくイメージするとは言ってなかったと思う。まぁ、それはスキル持ちじゃないとできないことだから、詳しく言わなかっただけかもな。

「じゃあ、回復薬に毒になれ〜ってするのは？」

何を言い出すんだとばかりにコクシンがこちらを見る。

「失敗する。違う魔力を注ぐと、ぼふんってなるんだよ！」

「経験談か」

「うん。あ、いやね？　売れそうなもの作ろうとしたとき、効果分かんないのがあってさ、ぼふんって」

やればできる。


ラダが、大丈夫ビックリするだけだから。とか笑っている。

「？　スキルで分からないのか？」

「そうそう。名前と、材料とレシピ。作ろうと思うとそれが頭に浮かんでくるんだ。効果は代々師匠に教えてもらうんだよ。大体のは名前で分かるんだけどどね」

なにか危ないスキルだな。効果とか副作用とか表示されないのか。それとも本人の意識か？

「あ。そういえば、『だからワシが教えたもの以外は作るな』って師匠に言われてたんだった」

テヘペロしてんじゃねーよ。師匠ー！　この人野放しにするの早かったんじゃないんですかねー!?

まぁそれはさておき、浄化の魔力か。浄化を付与する……っていうのとはまた違うんだよな。浄化のイメージを送り込むってことかな。イメージ……うん、俺が土魔法使ってるときとそう変わらないってことか。

じゃあ、俺も浄化のイメージを送ったら発動するのか？

目の前にはさっき処分した内臓がある。

『トトジカの内臓
寄生虫がいるので食べることはできない』

では実験。

浄化のイメージを……難しいな、寄生虫を除去するイメージにしてみよう。むむむむ。ダメだ、魔力は動かない。鑑定してみたが、文面は変わっていない。

「何してんの？」

「ああ、ラダ。これにちょっとその浄化の魔力使ってみてくれない？」

「うぇぇ～」

スプラッタな穴の中にラダが引き気味の声を上げる。

「いいからいいから」

「良くないよ、もぉ」

ラダはそれでも見ないように腕だけ伸ばして、うぬぬぬってしてくれた。

「うーん、ダメっぽい。溶け込んでいかない」

溶け込むねぇ。鑑定してみたが、変わりはない。

「じゃあ、コップの水にやってみて？」

「それならなんとか……」

コクシンが差し出してくれたコップに、ラダが自分で生活魔法で水を注ぐ。そしてガラス棒で混ぜ始めた。手の中に現れたガラス棒に目をパチクリさせると、笑って「魔力で作っている」と教えてくれた。えー⁉　ばぁちゃん普通に木の棒使ってたけど……。

カラカラとしばらく棒とコップが触れる音が響いた。

「うん。できたかも！」

一応鑑定。

『魔力水／浄化
浄化用の魔力が込められた水』

うん。ただの水ではなくなっている。

では掛けてみましょう。パシャパシャ。

『トトジカの内臓
時間が経っているので食べるのはオススメしない』

「ふぉぉ」

キターー‼　できてるじゃん、浄化！

「どう？」

コクシンが聞いてくるのに、Vサインをしてみせる。まぁ通じないわけだが。サムズアップは通じるのに。

「浄化できてる！　さすがにこれは食べないけど。卵とか、普通に肉に掛けてもいいかも。あとは味が変わらないかとか、いろいろ実験はしてみるけどね！」

魔力を体に取り込むことになる。普通に回復薬とかにもラダの説明通りなら入ってるはずだから、多分大丈夫だろうけど。

「ラダ、しばらく実験に付き合ってね」

「え、うん、いいけど。それ相手にずっとやるの？」

視線が穴の中に向かう。

「しないしない」

埋めちゃおうね。さっさと土を被せて、ないないしとく。

ふ〜。それにしても、思わぬところから使える技が見つかったな。っていうか、普通に回復用の魔力込めたら回復薬代わりになって、薬草いらないんじゃね？

ご飯の準備をしつつ、ラダに聞いてみる。

「そんなの考えたこともなかった。じゃあ、あれは聖水になってたの？」

「いや、魔力水っていう名称になってた」

ちなみにラダにはすでに鑑定のことは伝えてある。俺が乱用するので、隠すのは無理。一応口止めはしてある。

「じゃあ、別物か。効果が同じなら、どっちでもいいが」

コクシンが真剣な顔で肉を焼いてくれつつそう言う。

そうだな。身内で使う分にはどうでもいい。

「鑑定はそこまで出なかったのか？」

やればできる。

「うーん、あとでもう一回見てみる」

多分鑑定って、俺が知りたいと思ったことが出るから、効果とか人体に対する影響とか、考えながら見たら出るんじゃないかと思うんだよね。

いろいろやってみた結果がこちら。

魔力水は作って数分で効果がなくなる。ただし使ったりして効果が発動したあとは持続する。体内に入れても大丈夫。食品の味も変わらない。ただし大量に摂ると、人によっては魔力酔いする。

魔力水だけでは本来の薬より、だいぶ性能が落ちる。薬が五十回復するとしたら、魔力水は一回復……みたいな感じだ。ラダが作る手間と時間を考えると、使用は微妙。

ではなぜ浄化は十分な成果が出たか。これが一だとしたら、聖水の効果が異常なのかも？　つまりはコクシンの「消す」って言葉が冗談でないかもって話。

そもそも聖水の使いどころだが、コクシンによると、魔除《まよ》けというか厄除けというか、神聖な場所に撒くものなのらしい。人や物に使うというものではないらしい。

祈祷師の分野で聖水は使わないという。「え、ゾンビは？」と聞いたら、燃やすらしい……。ちなみに回復薬で倒せるか聞いたら、アホの子を見るような目で見られた。なんでさ、定番じゃんよ！

ということで、そもそもの使用方法に認識違いがあったようである。

鑑定がないからだろうか。使ったら効果がありすぎたから、周りに撒くだけになったのかもしれない。人には使うな、みたいな教えが徐々に浸透していったのかもしれない。

まぁ難しいことや常識はおいておき、魔力水程度の濃さなら食べても問題なしということさえ分かれば良し！　作り置きができないので、その度にラダに作ってもらわないといけないが。

とりあえず次の街に着いたら、卵を買おう。そんで卵かけごは……そうだ、米ないんだった。ＴＫＧできないじゃん。なら、マヨネーズはどうだろう？　えーと、油と酢と卵。うん。あるんじゃね？

騎士が現れた！

Reito no yuru-i Tensei seikatsu

街道をポコポコ行く俺達。

「そういえば、昨日の人なんだったんだろうねー」

馬の背に揺られながら、思い出したようにラダが呟いた。コクシンが振り返り、さらに後ろを気にするように上体を大きく捻《ひね》った。

「つけられている感じはしないから見つかってはないと思うが」

「なにか雰囲気怖かったよね」

「面倒ごとでなければいいんだがな」

コクシンの言葉に頷く。昨日採取中に、冒険者には見えない人影を見たのだ。やけに周りを気にしつつ歩いている姿に、言い知れぬ不安を覚えて慌てて踵を返した。なんか堅気じゃないと直感的に思ったっけ。おかげで夜は必要以上に気を張ってしまった。まぁ何事もなかったけど。

ふと、前を行くコクシンの肩が揺れた。視線の先には、白い鎧をまとった馬上の騎士の姿が数名。緊迫感はなくこちらに向かってきていた。

「……もう次の領入ってる？」

小声で聞いてみる。コクシンは曖昧に首を振った。はっきり境界線があるでもなし、どこからどこまでっていうのが一般人には分からないからなぁ。

「どうする？」

「取り繕うほうが怪しいだろ」

「だよね」

いやいやまさか、ここまで来てなにかあるとか、ないよね？　平静を装い、歩みを緩めることなく馬を進める。

「ちょっといいか」

お互いの顔で認識できる距離になって、向こうから声を掛けてきた。

「突然すまないな」

向こうが足を止めたので、こちらも止めざるを得ない。

イケヒゲのお兄さんがこの中では偉い人らしい。俺達三人を順繰りに見た。

「なにか御用でしょうか？」

俺が対応したのにびっくりしたらしい。コクシンと俺を二度見した。

「ここまでの道のりに、怪しい奴らはいなかったか？」

紳士な騎士さんは、子供だからと侮らずちゃんと俺に話しかけてくれる。それにしても、怪しいやつ？

質問の意味がつかめず首を傾げる。

「実はこの辺りで盗賊被害があってな。野営したとき被害はなかったか？」

なるほど。盗賊ねぇ。

「わざわざ騎士が出てきてるんですか？」

大丈夫そうだと思ったのか、コクシンが尋ねる。後で聞くと、大規模盗賊団とかじゃない限り、騎士団は動かないのだとか。

イケヒゲ騎士さんは、肩をすくめた。

「貴族に繋がるとあるお方が襲われたらしくてね。盗られた荷を取り返してこいと仰せなのさ」

おいおい、いいのかその物言い。明らかに面倒くさそうなんだが。

ちらりとコクシンが俺を見た。うん。昨日のあれか。

「盗賊かどうかは分からないけど、山の中で人は見ました」

「なにっ」

どうせろくな情報はないと思ってたんだろう。イケヒゲ騎士さんの顔が引き締まる。

「採取のために道を外れて山の方に入ったんですけど、冒険者には見えないし、周囲に村もないのに何者だろうって人がいたんですよね」

「一人か？」

「はい。武装はしていませんでしたが、やけに周りを気にしていましたので、近付かないでおこうと引き返しました」

「なんだよ。一人にビビってんじゃねーよ、冒険者だろ」

イケヒゲ騎士さんの後ろにいたやつが呟いた。階級が違うからか何なのか、イケヒゲ騎士さんとは鎧の意匠が違う。ギロリとイケヒゲ騎士さんが男をにらみつける。

「申し訳ありません。一人は薬師で戦闘はできません。俺も冒険者になったばかりなので、対人戦の経験がないんです。いつでも命を懸けられる騎士様には及びませんで」

困り顔で応対してやると、やつは気まずそうに視線を逸《そ》らした。いるんですよ、冒険者を下に見る騎士って。

「すまない、連れが無礼をした。後で躾《しつけ》けておく。この通りだ」

ほらみろ！　イケヒゲ騎士さんが頭を下げる羽目になってるじゃないか。文句を言ったやつはオロオロしている。

「頭を上げてください。その、大丈夫なんで！」

こっちもオロオロして頭を上げてもらう。

「すまないが、その場所まで案内してもらえるだろうか」

「え、俺達がですか？」

「もちろん、強制ではないが協力してもらえると助かる」

うーん、まぁ急いでないからいいんだけどさ。ちらっとコクシンを見ると、コクリと頷いた。彼が問題ないなら、いいか。ラダは人見知りを発揮してるし。

「分かりました。じゃあ、戻りましょうか」

「あ、では、俺達は隊長に報告に戻りますね。本隊を連れてきますよ」

そう言ったのは、さっき不用意な発言をした男で、イケヒゲ騎士さんの許可も待たずにさっさと馬首をひるがえした。もう一人が当たり前のようにその後ろについていく。イケヒゲ騎士さんが声を掛けたが、止まりもしなかった。

「は～……あいつらは何考えてるんだ……。まだアジトを見つけたわけでもないんだぞ？　ゾロゾロと一個小隊連れてくるつもりか？」

イケヒゲ騎士さんが頭を抱える。

一個小隊って何人くらいだろう？　こそっとコクシンに聞くと、「三十人くらいじゃないか」とのことだった。ふーん。確かに、討伐には人数がいたほうがいいけど、アジトが見つかる前なら、先にこっちが見つかっちゃう可能性があるよね。

「手柄の横取りしか考えてないんでしょうよ」

残っていたメガネを掛けた騎士が肩をすくめた。あとの二人も、うんうんと頷いている。

「同じ部隊じゃないんですか？」

首を傾げたコクシンに、イケヒゲ騎士さんは苦笑した。

「俺達はこの先の領から来た。今はヴォラーレの街に駐屯している。あいつらはこの領、クァトのやつらだ」

「演習という名の物見遊山にいらっしゃってるんですよ。あげくにうちに来た依頼に首を突っ込んで邪魔してくるんですから、ホント迷惑な方達ですよ」

メガネ騎士さんの言葉が辛辣《しんらつ》。

「まぁ場所的に言えば、あいつらが出張っても問題はないさ。あいつらの管理範囲なんだからな。

だが依頼されたのは俺達なんだよなぁ」

なんだか面倒くさいことになってるんですね。縄張りとかそういうのでしょうか。やだなぁ、巻き込まれたくない……。

とりあえず行きましょうということで、来た道を戻る。その間に自己紹介をしあった。イケヒゲ騎士さんはルーサーさん。メガネ騎士さんがスコットさん。あとの二人が、ジョンさんとマックさん。ルーサーさんが中隊長で、この中で一番偉い人なんだって。

「クァトの連中も、前はここまで堕落してなかったんだがなぁ」

首をひねるルーサーさん。ちらっとコクシンを見ると、難しい顔をしていた。コクシンが追い出されることになった腐敗が、騎士にも影響してるんだろうか。まぁ、なんというかなめた態度だったしなぁ。

昨夜のキャンプ地まで戻ってきた。普段誰も野営をしない場所なのか、俺達の焚火跡があるだけだ。ここで馬を降りた。山の中まで入って案内したほうがいいのかな？

「あ」

ラダが声を上げた。見ると俺達が来たほうからダカダカと馬群が近づいてくるのが見えた。十騎くらいだろうか。なんか上にキラキラした人達が乗っている。いや、コクシンのようなイケメンって意味じゃなくて、着込んでいる鎧のことだが。

「嘘だろう……」

呆然としたコクシンの声だった。知り合いでもいたのかと焦ったが、そうではなかった。

「おいおい、そんな恰好で山に入るつもりか？」

ルーサーさんも呆れていた。コクシンがそっと身をかがめ、小声で教えてくれる。

「あの鎧は儀礼用のものだ。見た目はいいが、少なくともこんな場所に着てくるものじゃない。軽くて派手なだけの、ハリボテだ」

なるほど、儀礼用だからキラキラしてるのか。金色の、まぁメッキかなんかだろうけど、鎧に青いラインが入って、紋章らしきものがバーンと入っている。みんな白いマントをしていて、目立つことこの上ない。この格好で山狩りをするというなら、そりゃ嘘だろってなるわな。

ちなみにヴォラーレの騎士達の鎧は、白いがマット仕な上がりになっているので、キラキラはしていない。ちゃんと戦闘にも耐えうる、実用的なものらしい。

「問題ない。野盗など相手ではないわ。貴殿らの手を煩わせることもあるまい。まぁ後ろでゆるりとお待ちください」

挨拶もなく自信たっぷりに馬上から答えたのは、チョビ髭でたれ目の男だった。なんか勲章みたいなのをじゃらっと付けてるから、クァトの騎士の中では偉い人なんだろう。でも全然、ルーサーさんとは貫禄が違う。

「よし、では全員降りろ。おい、坊主。お前が目撃者だな？　ここからどっちだ？」

「え、あっちだけど……」

思わず採取のために入った方角を指さす。

「でも、人を見たってだけで」

「あっちだな！　行くぞ！　突撃ー！」

チョビ髭は腕を振り上げると、キラキラ鎧軍団が「おー！」と剣を持った手を上げ、わぁ～っと声を上げながら山に分け入っていく。俺達はそれを呆気にとられて見送った。はっと真っ先に我に返ったのは、ルーサーさんだった。

「あ、あいつらは何を考えてんだっ！　作戦もなく場所も分からないところに突撃していくとか、馬鹿なのか⁉」

「……馬鹿なんでしょうね。分かりきっていたことじゃないですか。ろくに剣技も鍛えず、家柄のよさばかり自慢するような方達ですよ？」

スンっとした顔でスコットさんがメガネを押し上げた。

「それよりも、追いかけたほうがいいんじゃないでしょうか」

「そうだな。あいつらがケガする分には構わないが、盗賊に逃げられるのは困る。はぁ～居場所も規模も分かんねぇってのに」

頭を抱えていたルーサーさんが、スコットさんの言葉に首を振ってから居住まいを正した。

「まぁそういったわけだ。俺達もこのまま向かうとするよ。すまないな」

「いえ、お気をつけて。俺達はここで待機してますよ」

「分かった。万が一賊がこっちに流れてきたら、無理をせずに逃げるんだぞ。念のために一人置いていくか……」

ヴォラーレの騎士達は四人だけだ。こちらに戦力を割くのは、もったいない。

「大丈夫ですよ。いざとなったら馬で逃げますから。早く行ってください」

第一、あの人達が乗ってきた馬がその場に残されているのだ。クァトの騎士達ってば、人を残さず全員で行ってしまった。もし賊がこっちに来て、馬を奪って逃げたらどうするんだ。面倒だが、馬達に罪はない。せめて馬達ぐらいは守ってやりたいじゃないか。

そんなわけで、俺達はルーサーさん達も見送った。

「なんというか、恥ずかしくて言葉もないな……」

コクシンがぽつりと呟いた。交流があった人達ではないようだが、同じ領で同じような人を守る職に就いていたコクシンだ。やるせなさもひとしおだろう。

「っていうか、この領の未来が心配なレベルだよね」

金銭に対する腐敗どころか、戦力に対しても問題が出ている。ぶっちゃけ隠そうともしてないし、領ごとどうにかなっちゃうのは秒読みだろう。せめていいほうに転がってくれたらいいんだけど。上層部総入れ替えとかさ。戦争には発展しないでほしいなぁ。

乗り捨てられていた馬達を集め、暇なので桶を出してお水をあげてみたりする。俺達の馬も交じって、ふんふんと顔を寄せ合っている。ふんふん「大変だなぁ、お前ら」ふんっ「いやいや、そっちこそ～」とか言ってたりしてな。

「それにしても、盗られたものって何なんだろうね？　やっぱりお金？」

ラダが誰にともなく呟く。

「どうだろうな。あの言い方だと、貴族に繋がりのある商人ってところだろう。それなら高価な荷を扱ってるだろうし……。ただ、そういうところはちゃんと護衛をつけていただろうに、少人数の盗賊に荷を奪われるとか、謎なんだが」

顎に手を当て、コクシンが考え込む。

「そういえばケガ人がいたのかどうかとか、細かいことは聞いてないよな」

「……聞く間もなかったよね」

ラダの言葉に顔を見合わせる。ホントろくなことしないなクァトの騎士ども。せめて討伐ぐらいはきっちりこなせよと思ったのだが、すぐに打ち破られる。

人が走ってくる音と、「逃げろ！」みたいな声が聞こえてきた。コクシンが剣を抜く。木々をかき分けて出てきたのは、二人。どう見ても悪人面の男達だった。

「くそっ、ここにも……って、馬がいるじゃねーか！　ちょうどいいや、あれ奪って逃げようぜ」

「だな。おい、お前ら。死にたくなけりゃ大人しくしてろよ！」

ニタニタ笑いながら男達が近づいてくる。

「大人しくするのはお前達だ！」

二人が突っ込んでくる。それぞれ短剣を持っていた。一人はコクシンに任せ、俺は土魔法でもう一人の足止めをする。踏み込んだ足にまとわりつくように土で固めてやると、「ぎゃっ」とか言いながらすっ転んだ。その横でコクシンが攻撃をひらりと避け、反対に袈裟懸《けさが》けに斬りつける。

斬られた男は、のけぞって倒れた。

「え、えーい！」

ラダが水が入った桶を持ち上げ、足を外そうともがいている男の頭の上に落とした。がふっとか言いながら男が意識を失う。ずぶぬれでピクピクしている男を見下ろしながら、肩で息をするラダ。

「おぉ！　すごいじゃんラダ」

「こわっ、こわわわわわっ」

褒めたら、いきなりガタプルしだしたラダに抱き着かれた。せっかく決まってかっこよかったのに、しまらないやつだなぁ。

「レイト！」

ん？　コクシンの声に振り向くと、別の男が斬りかかってくるのが見えた。まだいたのか！　ラダを突き飛ばし、俺も横っ飛びに避ける。ざくっと地面に剣が刺さった。

「くそっ」

男は俺とラダを見て、俺のほうに斬りかかってくる。

「うぉわっ」

のけぞって避け、手をかざし至近距離から土塊をぶつける。その直後、コクシンが男の後頭部に剣の柄頭を思いきりたたきつけた。男は白目をむいて崩れ落ち、俺はコクシンによって抱えられるように場所を移動させられる。

「ケガはっ？」

「ああ、大丈夫。てか、まだ来るかもしれないから」

「おい！」

ほら来た！　と思ったら、ルーサーさんだった。俺達の無事を確認し、意識を失っている三人を見て、ほっとしたように息をついた。

「はぁ〜よかった。冒険者とはいえ民間人にケガをさせては面目が立たん。こっちに逃げたやつがいると聞いたときは、心臓が止まるかと思ったよ」

「まぁなんとか。向こうは大丈夫なんですか？　指揮者がこっちに来たりして」

「ああ、問題ない。制圧自体はあらかた終えた」

ルーサーさんは、俺達が倒した男達を縛り上げながら答えた。

「これであいつらがいい気になるのは、はなはだ遺憾なんだが、偶然にも突撃した先に見張りの男がいてな。縛り上げてアジトを聞き出して、突っ込んでいったらしい。この辺で俺達が合流できたんだが、ひどいもんだよ、騎士が素手で盗賊と殴りあってるんだぜ。チンピラのケンカかと思った……」

まあ行程はどうであれ、捕まえられたんならよかったんじゃね？　ルーサーさんの心労が大変なことになってるけど。

「それにしても、対人戦の経験はないと言っていたが、手際がいいじゃないか」

お。褒められた？

「来たのが三人だったからなんとか。乱闘とかになったら、無理ですよ」

俺が答えると、なぜかルーサーさんは「ははは。ご謙遜を」と笑った。いや、謙遜もなにも、本当のことですよ？　ルーサーさんはちらりとコクシンを見て、うむと頷いた。

「鮮やかなお手並みですね」

「あ、え、どうも？」

首を傾げながらコクシンがペコリとし、伺うように俺を見てくる。それを見て、またルーサーさんが頷いた。え、やだな、なんか変な勘違いしてない？

「良い配下をお持ちだ」

ほらー！　しかも、俺が上司でコクシンが配下になってるじゃないのさ。

「そんなんじゃないです。ただの仲間です！」

否定したのに、「ハハハ、なるほど」なんて笑われている。どう思われてるんだろうな、俺。

再びガサガサ音がして、ひょこっとジョンさんが顔を出した。

「あ、いた。隊長、クァトのやつらが俺達に賊の監視を任せて、自分達は盗られた荷物を運ぶからとかほざいてるんすけど」

「あ～、全員捕まえたんだな？」

「おそらくは。あ、ここにも三人いたんすね。頭らしき人は捕らえてあるので、問題ないかと。で、どうしますか？」

「一緒に戻るに決まってるだろ。盗品くすねられたら、たまったもんじゃない。すぐ戻るから、目を離すなと言っておけ」

「スコットが見張ってるんで大丈夫すよ。じゃ、先に戻ります」

ジョンさんが戻っていく。クァトの騎士達の信用のなさよ……。

「そんなわけで、あなた方には帰りもご同行いただきたいのですが」

ルーサーさんが俺を見てそんなことを言う。

「あの、本当にただの冒険者なんで、その言葉遣いやめてもらえます？」

「……そうですか。あ、いや、そうか。では、ちょっと待っていてくれ」

なんで残念そうなのよ。

仲間達の元へ戻っていくルーサーさんを見送り、思わずため息を漏らす。

「レイトって実はすごい人なの？」

ラダが首を傾げた。

「んなわけないだろ。実家は農家のただの平民だよ。これ絶対コクシンのせいだよ」

横でぼんやりと成り行きを見守っていたコクシンが、「え？　私？」と驚く。

「見た目だけは王子だか騎士だかに見えるコクシンが、逐一俺に確認とって従うような姿勢見せるから、俺がやんごとなき立ち位置の子供に見られるんだよ」

「そんなことはないと思うが……」

「そうだよ。レイトの言動が問題なんだよ」

にゃにおー!?　俺は普通だっての！　まあさ、年齢に見合わない話し方してる時があるかもだけどさ。故郷の町にいた時から、丁寧な話し方が不気味がられた。しょうがないじゃないか。そのへんは前世知識が邪魔をするんだよ。これでもこのメンバーの中で一番、年くってるんだぜ。前世と合わせたらだけど。

しばらくすると賑やかになって、騎士達が捕らえた男達を担いで戻ってきた。盗られた品なんだろう、いくつか木箱も抱えられている。それはいいんだが、クァトの騎士達のキラキラ鎧がボッコボコになっている。ヴォラーレの騎士達は傷一つない感じなのに、いったい何があったんだか。

ここにいる三人を含めて、盗賊側は六人しかいない。本当に少人数だったんだな、と思ってたら斬り捨てごめんで死んじゃった人は、その場に置いてきたそうだ。流石に罪人には人権がない世界だ。アンデッドにならないよう、燃やしちゃうんだって。怖いねぇ。

二人ずつ馬に縛り付けられる盗賊達。乗る馬がなくなった騎士達は相乗りで帰るらしい。馬達も大変だなぁ。

指揮を執っていたルーサーさんがこっちに歩いてきた。その後ろを歩いているスコットさんが、なぜか大きなクマのぬいぐるみを抱えている。

「準備はいいかい？」

「え、はい」

思わず視線がクマのほうに流れる。スコットさんが、ニコッと笑った。

「持ってみますか？　いえ、ぜひ持ってみてください」

なぜかクマのぬいぐるみを俺に押し付けてくるので、思わず受け取ってしまう。でけぇな。ふかふかだ。この世界でここまで精巧なクマのぬいぐるみは初めて見たかも。渡されたクマを抱きしめつつ毛触りを楽しんでいると、妙な視線を感じて顔を上げた。

「お似合いです」

スコットさんの眼鏡の奥の目が緩んでほわっとした表情になっている。気づけばルーサーさんにも、コクシンとラダにも生暖かい目で見られていた。

「ななな、なにがですかねっ。あ、これお返ししますね！」

スコットさんにクマを押し付け返す。クマのぬいぐるみが似合うとか、そんなわけないじゃないですかー。って、うん？

渡したクマのぬいぐるみのお腹のあたりを、もにもにと触ってみる。何か固いのが入ってるな。喋るとか動くとかのギミック付きなのかな？

「どうした？」

ルーサーさんが聞いてくるので、ぬいぐるみのお腹を触らせてみる。すっとルーサーさんの目が細められた。あ、やっぱり気になるよね？

「これも盗られていたものですか？」

「ああ。というか、これだけは取り返してくれと言われたのがクマのぬいぐるみだったんだ。娘さんのプレゼントだとか言っていたが」

あー、だから最初、なんで俺達がみたいな雰囲気だったのかな。そりゃクマのぬいぐるみのために騎士団動かすとか、何事って思うよね。

「中に何が入って……、あ、ここに穴があるな」

クマをいじっていたルーサーさんが、ひっくり返したクマの尻に指を突っ込んだ。尻の穴が再現されているぬいぐるみ!? と、驚く間もなく、ルーサーさんの指が何かを引っ張り出してきた。

山吹色の、細い棒が出てきた。

「えっ、金っもごもご」

声を上げかけたラダが、慌てて自分で口をふさぐ。

細いけど、金の延べ棒とやらじゃないですかね、これ。もちろん金は高価なものだ。娘のプレゼントに金を忍ばせて渡すだろうか。

ルーサーさんとスコットさんがそろって頭を抱えた。なんか、すんません。ただの好奇心だったんだけど、見つけちゃいけないものを見つけちゃいましたかね。あ、俺のせいじゃないですよ。不用意に俺に持たせたスコットさんのせいですよ。俺は知りませんよ、ぷいーん。

「じゃっ、騎乗しようか！　俺達は一番最後を行きますね！」

そそくさとその場を離れる。さっさと自分の馬に乗り、さぁ帰ろう、じゃなくて行こう！ という意思表示をする。コクシンとラダも何も言わずに騎乗している。恨みがましい目を向けられたような気もしたけど、気のせいだよね。

ヴォラーレの街に着いた。ここで騎士達とはお別れする。いや、お別れさせてくださいとお願いした。もうお腹いっぱいです。クマの中身とか知りません。もちろん口外はしないんで、一般冒険者として開放してくださいってね。

まあ、向こうもこれ以上首を突っ込ませるわけにもいかないのだろう。手厚くお礼を言われた上に、後日食事でもどうだなんて言われた。機会があればとか答えておいたが、この遠回しの拒否が伝わっただろうか。

ちなみにクァトの騎士達は満面の笑みで帰還し、ボッコボコの鎧姿で武勇伝を声高に語っていた。もちろんボコボコなのは、鎧の強度不足のせいだ。見た目より紙装甲だったようだ。相手が素手だったのに、ああなったらしいから。で、ボコボコにされたから報酬を上乗せしてくれるよう進言するとか言ってるらしい。盗られた人も、せっかく荷が戻ってきたのになんだか大変なことになりそうだ。

街の入り口では特に詳しく調べられることもなかった。コクシンもすんなりと通行許可が下りた。冒険者証を提示して終わりだった。ラダは入街税を払う。いずれはなにかの身分証を取ったほうがいいだろう。

ここで領が変わるので、これから先コクシンは追っ手を気にする必要もなくなる。もっとも、ここまで何もなかったから、警戒のしすぎだったのかもしれないが。なんとなく、ミッションクリアみたいな感じで嬉しい。クリア報酬は『自由』だ。格好良く言えば。コクシンにしてみれば故郷を捨てたことになるわけだが。

「宿に行くか？　商業ギルド？　飯？」

……特になんの感慨もないらしい。いいことだ。

◆◆◆

ヴォラーレの街は東西に長く、特産は魚の塩漬けらしい。東側に大きな湖がある。西側は山。すごく高い。魚が食べられる。やったー！

「ふむふむ。冒険者の短期入居ですか。それは需要あると思います？」

俺達は商業ギルドでオッサンに捕まっていた。

昨日はいろいろあって疲れていたので宿に泊まった。やっぱりうるさかったので、家を借りることにしたのだが。

「さあ、それはなんとも。今までそういう話なかったんですか？」

「私は知らないねぇ。そもそも一日単位とか、一週間単位の契約自体稀《まれ》なんじゃないかな」

「まぁそうでしょうね」

そもそも宿で事足りるもんなぁ。安宿から高級宿まであるし、基本寝るだけなのだ。わざわざ自分でいろいろしないといけない、家を借りる理由がない。俺達以外には。

「安ければ借りるんじゃゃないか？」

コクシンが言うが、お金をケチる人達は野宿である。

「まぁ、安宿と高級宿の間の値段ならもしかしたら需要はあるかもしれないですね」

冒険者は飲んで騒ぐのが大好きだ。けれど体質的に飲めないという人や、静かに飲みたい人はいる。お金に余裕ができる高ランクの冒険者なら、そういう選択肢もあるだろう。そもそも高ランク冒険者は毎日依頼を受けない。数日から数週間単位で休暇を取ることがあるらしい。

「あとは治安の問題ですかね」

ふむふむとオッサンがメモを取っている。新たに不動産部門でも立ち上げるつもりなんだろうか。

「空き家を活用できるのはいいけど、武装した不特定多数の人が出入りするお隣さんとか、不安を覚える人もいるでしょうし」

「なるほど。たしかに」

冒険者は一般職ではあるが、一部の粗暴な輩のせいで、お近づきになりたくないという人もいる。部屋を壊された経験から、冒険者お断りの宿もあるくらいだ。

「周辺住民とのトラブルは、私としても望んでおりません。手持ちに空き家がいくつかあったので、利用できるかと思ったんですが……」

「まぁ、事前に説明しておけば……。職員さん自身も商売してるんですね。受け付けとか書類作成みたいな仕事ばかりかと思ってました」

「あ、私ギルド職員ではないです」

「……は?」

目の前のオッサンをまじまじと見やる。商業ギルドに入ってすぐに親しげに喋りかけてきたから、普通に職員かと思っていたのだが。なにか？　俺は権限もないそのへんのオッサンにご丁寧に説明していたということなのか？

「あ。やだな、お顔が怖いですよっ。ちゃんと！　ちゃんと職員をご紹介します！　一番優秀な人をっ。説明も私めがいたしますよ！」

よほど俺の顔が怖かったらしい。早口にまくしたてる。

「……ほう」

で？

「うちの商品もお安くご紹介しますよ！」

「商品？」

「食品を中心に取り扱っております。名産の各種魚の塩漬けも取り揃えておりますよ！　あ、申し遅れました。私ガバルと申します。商業ギルドの斜め前でガバル商会を経営しております」

名刺を差し出す代わりに、ペコリと優雅にお辞儀をするオッサン。

「えーやったー！　絶対ね。もちろんお値段は期待していいんだよね？　あとで行くから！　楽しみにしてるぅ」

大魔神からニコニコ笑顔の幼児にジョブチェンジ。食料ならばお釣りが出る交渉である。コクシンが呆れたように俺を見ていたが、交渉とはこういうものだよ。まぁ完全に偶然ですが。

オッサンが「空き家のこと本気で考えていいですか？」と言うのに「いいよ～」と返しておき、

ホンモノの職員さんを紹介してもらう。職員さん「またですか」とか呟いてた。鼻が利くのか美味しそうな話を持っていそうな人に突撃しては、職員さんに押し付けていくのだとか。

そんな職員さんに、街外れの一軒家を紹介してもらう。街外れを望むのは、お風呂とか魔法鞄を使うからだ。

無事日割りで家を借りることができた。掃除はラダがやっといてくれるらしいので、お願いして俺とコクシンは買い出しに向かう。まずはさっきのオッサン、ガバルさんの店。安くしてくれるって言ったからね。

「ああ、いらっしゃいませ！」

オッサンは奥から笑顔で出迎えてくれた。揉み手をしそうな勢いだ。

店内はきれいに整頓されている。棚には商品とともに値札と、おすすめポイントが書かれた紙が貼ってあった。この世界でこういうの見るの初めてだなぁ。

「たくさんありますね」

「でしょう。こちらのものはもちろん、輸入品もございますよ」

結構手広くやっているらしい。店の大きさは飛び抜けているわけではないけど、結構有名な商会なのかもしれない。未だにオッサン呼びだが、俺。

塩漬けの魚とともに、干物もある。ただし丸干し。小魚だな。アジとかホッケの開きはないのだろうか。あ、湖か。淡水魚か。

塩、砂糖、胡椒。調味料類も豊富だ。しかし俺が欲しい味噌や醤油はやっぱりなかった。いっそ作るか。味噌は一般家庭でも作れる難易度だったはず。……大豆あったっけな？

豆類も売っていた。鑑定を駆使せずとも大豆は大豆だった。小さい瓶一つ分だけ買う。小豆もあったけど、俺が調理できないのでパス。あんこ食べたいんだけどなぁ。水吸わせて煮ればいいんだっけ？　あれ黒豆？　失敗してもいいか。豆は日持ちするし、一瓶ずつ買っとこう。

輸入品の中にカカオの粉らしいものがあった。チョコが食べたい。が、流石にカカオから作るのは無理。鑑定さんすら苦い粉としか認識してない。調理系のスキルがあったら、作れるんだろうか……。

なんだかんだと二時間くらい居座った。楽しいね、財布を気にしないお買い物って。流石に散財したので、しばらくはお仕事頑張ります。

カウンターに積み上がった商品に、オッサンがホクホクしている。俺もホクホクだ。レシートなんてものはないからよく分からんけど、結構割り引いてくれたらしいよ。魔法鞄に放り込む俺達を見て目をキラキラさせていた。売りませんよ。

◆◆◆

今日の依頼は、マントラコラだ。間違ってないよ、マンドラゴラじゃない、マントラコラ。顔っぽいのがある二股の野生の大根。いや、マンドラゴラじゃねーの？　って思うけど、違うんだなぁ。

「あ。あれじゃないか？」

コクシンが指差す先に、ゆらゆらと大根が揺れていた。くねくねしながら。……きもっ。

トゲトゲの葉っぱ達の中央に茎があって、そこに大根がぶっ刺さっている。ちょうどパイナップル的ななり方だ。おしり的なのが茎と繋がっていて、自由な足がくねくねしている。偶に他のと絡み合っている。

近寄ると、警戒なのか縦揺れをし始めた。怖い……。ラダは興味深そうにまじまじ見てるけど、俺はそんなじっくり見たくないわー。

「……引っこ抜くんだっけ？」

振り返ったコクシンが無表情だ。

「うん。声は出すけど攻撃はしてこないよ。俺達がやるから、コクシンは警戒をお願い」

「いや、私もやろう。そのほうが早く済む」

「分かった」

ということで三人で収穫だ。白い大根部分をむんずと掴み、上に引っ張るとスポンと抜ける。茎と離れると死ぬのか、動かなくなった。それを用意した布袋に放り込んでいく。

「あー」「あぁー」「あ〜」「あっ」「あー」

引っこ抜く度にマントラコラが声を上げる。特になんの作用もないのだが、見た目と相まって地獄絵図だ。たまに色っぽい声を上げるのがいて、イラッとくる。

「こんなもんでいいか」

なんとか規定量以上を採ることができた。

『マントラコラ
植物系魔物。繁殖力が強いが攻撃力はない。白い体（実）は食べられる。麻痺《まひ》毒があるので生食は不可。煮ると麻痺毒は消えるので、まるごと煮て日干しにするのが一般的。類似品のマンドラゴラのように薬効はない』

袋の中いっぱいの二股大根。虚無を浮かべた顔っぽいのが健在なのが地味に嫌だ。ラダはマントラコラがたくさん採れてうれしそうだけど。

「レイト」

虚無と見つめ合っていたら、コクシンから警戒の声が飛んできた。周囲に気を配ると、何かが歩いている音を拾った。一つ、二つかな。

「ゴブリンだ」

俺が辛《かろ》うじて聴き取れる声で、コクシンが呟いた。

ゴブリンか。なにげに俺出会うの初めてだな。

この世界のゴブリンは、人間の子供サイズの緑の肌をした二足歩行の魔物だ。つまり俺と同サイズ。前屈みに歩いていて、細長い手足に裂けた口、不揃いの歯と爬虫類《はちゅうるい》っぽい目。

うん。二足歩行に忌避感あるかと思ったけど、そうでもないな。あれは別物だ。コクシンと目を合わせる。指を一本立てた。一体ずつってことだ。ラダは……うん、打ち合わせ通り隠れてるな。さっさと片付けよう。

討伐部位は耳だったな。頭は避けて……。

「ぎぎゃ⁉」

射程範囲に入ったところで、土魔法を発動。びきびきっと、一体の足元が固まった。もう一体はコクシンが処理するから、大丈夫。

弓を構え、矢を番える。イメージは追撃。一度で二度攻撃したことになる。

「しっ！」

「ぎゃぴっ」

だめだ、浅い。その横でコクシンが普通に一体を切り捨てている。もう一回。悪いが君には練習台となってもらうよ。

結局、三射した。びくびくしながらラダが出てくる。

「お？」

自分が倒したゴブリンを見ると、刺さっている矢に並ぶように浅い穴があった。追撃が成功しかけていたのかもしれない。いいねいいね。最初に足止めすれば、なんとかなりそうだ。あとは単純に筋力を上げ、弓を強いものにする。とはいえ、身長次第になるけど。

さぁて。帰ろう。

さっき魔法鞄に手を突っ込んだ時に、ちょっとやばいの見つけたんだ……。

◆◆◆

街に戻って、依頼達成報告。ゴブリンも忘れずに。時刻はまだ昼過ぎと早い。もう一狩りと行きたいところなのだが、見つけたあれを処理しておきたい。

首を傾げるコクシンとラダを引き連れ、再び街の外へ出る。道を外れ、普段人が近寄りそうにない場所まで進む。

「どうしたんだ？」

「うん、ちょっと……。魔法鞄貸して」

コクシンが不可解そうな顔をしつつも、鞄を渡してくれる。俺はそれを受け取り、手を突っ込んだ。〝それ〟を掴んで引っ張り出す。

「「うっ」」

途端に鼻を突く、腐敗臭。

俺の手には黒く変色し、なんか汁まで出ているボア肉があった。ぐずりと指がめり込むのに、

「ひぇ～」と思わず悲鳴を上げてしまった。

慌ててそれを放り出し、土魔法で穴を掘る。深く掘ったそこに腐った肉塊をポイポイしていく。全部で四つ。土で埋め、ガッチリ踏み固めておく。焼いたほうがいいのかもしれないけど、ちょっと、無理……。

水でガシガシ手を洗い、石鹸も使う。くんくん。だ、大丈夫かな？

「なんであんなものが？」

コクシンが小さな竜巻を起こしている。それでも臭う気がして場所を移動することにした。

街道沿いまで戻り、二人げんなりと座る。

「あれだよ。前にさ、ボアがたくさん獲れたときあったじゃん」

「ああ、あったな」

「あの時一頭分売らずに置いといたんだよ。食べきれなかったら燻製《くんせい》にしようかと思って」

「くんせい？」

「ああ、干し肉的な。でもいろいろあって忘れてたんだよ、入れてる事自体……」

そんなに日が経ってたっけなー？　俺この世界来てから日付感覚があいまいで……。多分一週間くらいだと思うんだけど、肉ってそんな早く腐るんだっけ。いや、そうだよな。冷蔵庫に入れてるわけじゃないもんな。数時間でアウトだよな。やっちゃったわー。

魔法鞄を過信してたわ。時間停止ないんだもんね、そりゃ腐るわ。しかし、みんなどうしてんのかな。

「他は大丈夫なのか？」

「あ、そうだね。ちょっと待って」

再び魔法鞄に手を突っ込んだ。

ソート機能がないんだよね、これ。入れたものが新しい順に並んでいる。服やら水やら豆に干し肉飼い葉木材、岩……てんでバラバラに、羅列されていた。お互い入っているものは干渉しないから、臭いが移ったりはしていない。よかった。

何個か取り出してみる。

しかし、調子に乗って入れすぎたかな。何を思って俺は岩とか入れたんだろう。

とりあえずナマモノを出し入れする。

牛乳……え、これいつのだ？　ベリー……う、うーん。パン……かぴかぴ。鍋に入ったスープ……え、待って、これ全然覚えないんだけど。くさっ。

慌てて穴を掘って鍋ごと埋める。鮮度が怪しいものも全部放り込む。怒られるかな。道沿いに穴開けてごみ投棄とか……。だ、大丈夫。よくあることさ。

「あれ、最初の頃の実験に入れたやつじゃないかな」

コクシンの言葉に「あー」と思い出す。本当に時間経過があるのか、実験してたんだ。それでそのまま入れっぱなしだったと。

「入れたものメモするかなぁ。でも、面倒だよなぁ」

定期的に中身の確認をするか。ナマモノはできるだけ入れないように……いや、それじゃ便利さ半減だよな。入れたものを覚えていたらいいわけだ。覚えてないからこうなってんのか。……寝る前チェックを習慣づけるか。

「コクシンも肉とか入れた日は覚えておいてね」

「ああ、うん……」

俺から魔法鞄を受け取りながら、すーっとコクシンが視線を逸らし頷いた。ちょっと、本当に覚えててよ？

くんくん。うーん。鼻が馬鹿になってるのかな、手が臭い気がする。しきりに手の臭いを嗅ぐ俺に、ラダが覗き込むようにしながら「どうしたの？」と聞いてきた。

「いや、ちょっと手が臭う気がしてさ」

どれどれとラダが俺の手に顔を寄せる。

「……うん、ちょっと臭うかも」

ラダの言葉に、コクシンまで顔を寄せてきた。臭いって言ってるのに、なんでわざわざ嗅いでくるのさ。

「気にするほどのものでもないと思うが」

「え～そうかな、臭いって」

くんくんくん。やっぱり気になる。

「ラダ、浄化の魔力水って今作れる？　この間聖水の話した時のやつ」

「作れるけど、どうするの？」

首を傾げながらも、ラダはコクシンが魔法鞄から取り出したコップに自ら水を注ぎ、魔力を込めてかき混ぜ始めてくれる。あっという間に出来上がったそれを「ありがとう」と受け取った。

よし、鑑定っと。

『魔力水／浄化
浄化用の魔力が込められた水。薄めれば直接人体に掛かったりしても影響はない』

うん、大丈夫だろう。

ということで、いざっ！

バシャバシャ。

片手ずつ浄化の魔力水で手を洗う。

「「レイト⁉　何やってるんだ！（るのー！）」」

二人の驚愕した声が耳をつんざく。いや、そんなびっくりしなくても。こっちがびっくりするわ。慌てて、大丈夫大丈夫と手を振る。

「ちょっと消毒したかっただけだよ。ちゃんと鑑定で見たから大丈夫だって」

くんくん臭ってみる。うん。臭いとれてる。

「本当に大丈夫なのかっ？」

コクシンが俺の手を取ってじろじろと裏表見た。不思議なことにもう濡れてない。

「大げさだなぁ。なんとも……」

「レイト？」

「なんか、手が……ピリピリしてきたかも」

手の皮が突っ張ってきた気がするな。ぎゅうーっと引き絞られてるみたいな。あれ、指が曲がりにくいかも？　おかしいな。鑑定では大丈夫って、あれ、そういえば薄めてとかいう単語があったような気がする……。

「わ〜〜コクシン！　あれ出して！　僕が家出るときに入れてもらった回復薬！　師匠の作ったやつ！　早く！」

ラダがコクシンの肩をつかみがくがく揺さぶった。唖然《あぜん》としていたコクシンが、はっと我に返って自分の腰に付けられた魔法鞄を探る。

「こ、これか？」

「違う！」

「これ」

「これー！」

コクシンが取り出した小瓶をラダがかっさらう。俺は両手をパーにしたままぼけっとそのやり取りを見ていた。ラダってきびきび動けたんだなぁ。ラダは瓶の蓋を取り、中身を俺の両手にぶっかけた。残りを「飲め」とばかりに突き出してくる。

「早く！」

「あ、はい」

勢いにのまれ、わけも分からず残りを飲み干す。ちょー苦い。見たことない瓶だけど、なんだろう、これ。さっき師匠が作ったとか言ってたな。めちゃくちゃ高級品なんじゃ……。

「レイト、手は？　手は大丈夫か？」

コクシンが再び俺の手を取る。

「え？　あ。そういえば、なんともなくなってる」

皮の突っ張りもないし、グーパーもちゃんとできる。

「へーすごいね。ラダ、さっきの薬なんだったの？」

ラダを振り仰いだら、ものすごく怖い顔で見降ろされていた。

「あ、あれ？」

コクシンに目をやる。あ、こっちも怖い顔。てか、イケメンの怒り顔迫力あるぅ。

「「レイト？」」

「ふぁい」

やべぇ。マジオコだ。周囲の気温が下がったような二人の声色に、俺は思わずその場に正座した。ごめんなさいと頭を下げる。

「よく確認もせず危険な真似をしました。ごめんなさい。もうしません」

土下座スタイルの俺に対し、二人は腕を組み無言である。

「えーと、本当に、たぶん、もうしません。ごめんなさい。反省してます」

はーっとため息が聞こえた。

「なんでそこで、たぶんを付けるんだレイトは……」

頭を起こすとコクシンが困ったような顔をしていた。

いや、つい。絶対は付けられない己の行動パターン。興味に駆られて、何かやらかさない保証は俺にはない。

「もう、本当に気を付けてよね」

結局ラダも「次はないよ」と許してくれた。

ちなみに、俺に使われたのは、ラダがお守り代わりにとっておいた、たった一つの師匠作の高級回復薬だったそうで、正直その値段に腰が抜けそうになった。材料さえあれば自分も作れるからとラダは笑っていたが、お守り代わりだったものだ。使わせてしまって申し訳ないしありがたかったのだが、聞いた瞬間、中級でよかったのにと思わず失言してしまって、俺は再び二人の間で正座することになった。

◆◆◆

暇である。

昨日のやらかしで自宅待機を命じられ、大人しく家にいるのだが、することがない。コクシンは庭で剣を振っている。お出かけしてきていいのに。ラダは別の部屋で調薬中。じっと見ていたら追い出された。

自業自得なので文句はないのだが、どうしたもんか。本でも読みたいところだが、本は買っていない。魔法でなにかしようと思ったけど、やらかさない自信がない。困ったものだ。

そういえば、マヨネーズを作ろうとしてたんだった。ハンドミキサーも泡だて器もない。菜箸でいけるかな。ていうか卵がないな。いや、昨日の今日で浄化の魔力水作ってとか、俺はアホか。えーじゃあ、うどんでも作ってみる？　作ったことないけど。すいとんできたからいけるだろ。麺類見たことないな、そういえば。

魔法鞄をごそごそしていたら、コクシンが戻ってきた。

「なにするんだ？」

「……危ないことはしないよ」

俺の信用はダダ落ちなようだ。

「ご飯、作ろうと思って」

「買ってくるから、大人しくしていろ」

「ふぁい」

一日自宅待機が罰とか甘いなと思ったけど、よく分かってるわ。何かしてないと落ち着かない俺にはてきめんの罰だよ。

小さく笑ってコクシンが魔法鞄を持って外へ向かう。と、すぐに戻ってきた。

「ラダ。買い物頼めるか？」

コンコンとラダがいる部屋のドアを叩く。

「あれ、外出禁止じゃないの？」

ドアが開いてラダが顔を出した。俺とコクシンを見比べる。

「だから、私がレイトを見てるから買い物を頼む」

「僕一人っ？　やだよ！」

慌ててラダが部屋の中に戻っていった。ゴンゴンとコクシンがドアを叩く。が、ラダは「やだやだ」言っている。引きこもりに拍車がかかってないか。しばらく押し問答していたが、ラダは頑なだった。

ため息をつきながらコクシンが俺を見る。いい笑顔で小首を傾げてやった。一人で行ってくる？　それとも一緒に行く？

「……行ってくる」

ちょっとの葛藤《かっとう》のあと、コクシンはげんなりしながら再び出ていった。そんなにトラウマなのか、お買い物……。

静かになった部屋の中。時折カチャカチャと、隣から瓶が触れ合う音がする。時計はないし、電化製品もない。とても静かだ。魔法鞄はコクシンが持って行っちゃったし、もう寝ちゃおうかな。

テーブルに顔を伏せ、目をつぶる。いや、寝れんな。毎日快眠だからな。ムクリと顔を上げ、乱れた髪を直す。暇だ。スマホでもあれば時間潰せるのに。あまりに暇なので、人差し指と中指でトコトコとテーブルの上を走らせる。コップを飛び越え、急カーブし、いつの間にか実況付きで一人遊びする俺。

「おーっと、ここで大ジャンプ！　後続を引き離す！　あぁ！　転んだ、転んだぞ！」

両手の指を使ってテーブルの上で大運動会。

「ぶはっ」

もちろん絶妙なタイミングで帰ってきたコクシンに笑われたとも。

今日の昼ご飯は、パンと串肉。マントラコラの漬物。なんというか切り干し大根だな。塩漬けのそれを箸休めにしょりしょり食べる。味は可もなく不可もなく。ただ、これがあの虚無かと思うと、ちょっと食べづらい。

パンをちぎり、コクシンが「そういえば」と手を止めた。

「さっきあの騎士に会ったんだ。ほら、ルーサーと名乗っていた」

「ああ、あの苦労してそうなイケヒゲ騎士さん」

向かいでラダがイケヒゲ？　と首を傾げているが、置いといて。

「食事に誘われたんだが」

「へぇ。コクシンが？」

あの人男もイケるのか？

「レイトに決まってるだろう。もっとも、一人で行かせるわけにはいかないから、私もラダも付いていくが」

むっとしたような顔で、コクシンがパンを口に放り込んだ。

「え〜。いや、別れるときにそんな会話は出たけどさ。社交辞令じゃなかったのか」

「明日、迎えを寄こすからと言われた」

「この家教えたの？」

「しょうがないだろう」

まぁはぐらかしたところで、すぐに突き止められるだろうけどさ。え～？　なんだろう。嫌な予感しかしないんだけど。

「行くの？」

もぐもぐと串肉を頬張りながら、ラダが聞いてくる。

「……逃げられるもんなら逃げたいけど、まぁ行くしかないよね」


というわけで、翌日。本当にお迎えが来た。しかもスコットさんだ。今日は鎧を着ておらず、白を基調とした軍服で決めている。というか、なんで制服で来るんだよぉ。一冒険者の借り家に騎士が訪れるとか、何事かと思われるだろうが。せめて私服で来るとかしてくれよ。てか、本当に何か大ごとなの？

「ただの食事会ですよ」

警戒する俺に、スコットさんはくいっとメガネを上げながら笑った。ただの食事会に、そんなびしっと決め行くもんなの？

コクシンとラダを引き連れ、正装なんて持ってないからいつもの格好で案内される。場所は街中のレストランだった。どこの街でも一軒くらいはある、お高そうな外観の店。もちろん俺達は入ったことはない。

「ああ、よく来てくれたな」

店員に店の奥の個室へと案内され、出迎えてくれたのはルーサーさんだった。こちらも軍服で、なんか勲章みたいなものまで付けている。ヒゲも整えられて、イケメン度が増していた。

部屋には彼の他に、四十代くらいのブルドッグ顔の男と、俺よりちょっと下くらいの少女がテーブルについていた。男は貴族っぽいかちっとした服で、少女はフリルがたくさんついたドレスを着せられていた。お世辞にも似合っているとはいいがたいが、これが流行なんだろう。黄色い宝石がついたイヤリングが重そうだ。

「あ、えーと。お招きありがとうございます？」

こういう時どう言ったらいいんだ？　とりあえず愛想笑いをしながら、礼の姿勢をとった。半歩後ろでコクシンとラダも同じことをする。っていうか、なんで後ろで気配消そうとしてるんだよ、裏切り者っ！

「突然呼び出してすまなかったね」

戸惑う俺達を席に座らせ、男が「ふむ」とアゴに手を当てた。スコットさんが、食前酒らしきグラスを目の前に置いてくれた。えーなになになにー？　俺は何を探られてるの？

「ああ、失礼。私はトゥラン。ここヴォラーレの隣り街、リドゴの代官などという、たいそうなお役目を仰せつかってるよ。たまたま視察に来ていてね。この子は娘のリリアスだ。今年五歳になる」

ふぇぇぇ。代官様が何用でぇ？

名前を呼ばれたリリアスが、じろじろと俺を眺め、それからコクシンに目をやりぽあっと頬を赤らめた。女児にも有効か、コクシンのイケメン力。そしてラダは眼中にないらしい。ちらっと見ただけで終わった。

「ほら、リリアス。挨拶を」

父親に促され、リリアス嬢がニコリと笑みを作る。残念ながら悪役令嬢みたいな意地の悪い笑みにしか見えない。ウェーブのかかった薄茶色の髪をふわさっと払い、「リリアスですわ」と首を傾げた。

「はぁ。レイトです……」

これは、どういう状況なんだろうか。俺が彼女と対面するように座らされてるから、俺と彼女に関することなんだろうけど。いや、単に難しい話する間子供同士で喋ってろってことかな。

リリアス嬢が口を開く。

「お父様。わたくし、このチンチクリンより、あちらの金髪の方のほうが好みですわ。ケインズより男前ですもの」

なんなの？　いきなりチンチクリン呼ばわりされたんですけど。俺とそう背丈は変わらんだろうが。いや、五歳児と同じくらいとか、それはそれでショック。隣でコクシンの表情が険しくなるのが分かった。ちょっとやめてよ。女児にまで苦手意識芽生えちゃったらどうしてくれるのよ。ってか、ケインズって誰だよ。

「はっはっはっ！　リリアスは面食いだな」

お父様、笑ってる場合じゃなくてよ。

「いや、失礼。ルーサーから君のことを聞いてね、ちょっと興味を持ったんだ。ちょうどリリアスの婿を探していたんだが、ふーむ……」

ちらっとトゥラン様がコクシンに目をやった。コクシンは……死んだ魚の目をしてる。ラダは自分には関係がなさそうだと安心したのか、ちらちらとテーブルの上のワインボトルに目をやっては喉を鳴らしていた。いや高そうなボトルだけども、助けろ！

「ルーサーさんから何を聞いたのかは知りませんが、俺も彼らも平民です。そんな、あなたさまの目に留まるような存在ではないと思いますけど」

なんで「一緒に食事でも」の場が、見合いになってるんだよ。たまらずため息をつく。

「ねぇ、あなた。お名前は？」

リリアス嬢がコクシンに話しかける。

「……コクシンです」

すっごい嫌そうに名乗るじゃん、コクシン。

「うぅん、彼のほうがいいのかい？　年がいってるし、遊んでいそうだよ？」

「そんなことありませんわっ。わたくしすぐに大きくなりますもの。ケインズよりかっこよければ問題ありませんわ」

だから、誰だよケインズ。

コクシンが虚空《こくう》を見つめている。普段女の人達の攻撃をやり過ごすような、あいまいな微笑みすら消え失せていた。流石にここで、俺を優先して席を立つなんて真似はできないみたいだけど。

さて、どうしたもんだか。

「そんなにケインズがいいのかい？」

トゥラン様の言葉に、リリアス嬢がかっと頬を赤くする。

「ケインズは関係ありませんわっ」

いや、さっきから何度もお名前出てますけどね。

トゥラン様が俺を見て苦笑した。

「仲良しの令嬢が婚約してねぇ、その相手がリリアスが気に入っていた男の子だったらしくて、当てつけにもっといい男を探せとうるさくて」

「きー！　違いますわっ！　なんとも思ってないですわ！　あ、あんな家柄だけの男っ。男はやっぱり顔よ、顔！」

五歳児の発言か、それ。

まぁなんとなく事情はつかめたぞ。友達が婚約相手を見つけて、その相手が自分が狙っていた子だったもんで、張り合おうとお父様におねだりしていたということだな？　そんでたまたま俺の話を聞いて、顔合わせしてみようとこの場を設けたということだな？　なんだその迷惑な話。

「リリアスお嬢様、顔だけの男でいいんですか？　婿ということは、いずれトゥラン様の跡を継がれるのでしょう？　顔だけの男にこなせるとでも？」

男、ていうか、人間の魅力は顔だけじゃないぞ。

俺の発言に、リリアス嬢はむっとした顔を隠さず、胸を張った。

「もちろん、家柄とお金が大事ですわ。お母様がそうおっしゃってましたもの。お母様は一番金持ちで、一番かっこいいお父様と結婚されたんですって。ね、お父様」

「う、うん？」

トゥラン様の顔が引きつっている。ブルドッグ顔なんだけどなぁ。いや、それがかわいいとかかっこいいに見える人もいるんだろう。魅力は顔だけじゃないって、さっき俺が言ったじゃないか。うん。そういえば、リリアス嬢は母親似かな。

「それに、わたくしよりかわいい男の子とかごめんですわっ」

俺を指さすリリアス嬢。

「……誰がかわいいだこの野郎」

「ひぃっ、聞きました？　お父様。野蛮ですわっ」

「かわいい」に思わず反応したら、リリアス嬢が大げさにのけ反った。

「あはは。レイトのがかわいいよねぇ」

「ら、ラダ？」

何言ってんだこいつ。突然の発言に驚いてラダを見ると、グラスを手に頬を赤らめている。いつの間にワイン呑んでるんだ、ラダってば。俺は口を潤す間もなく、親子と攻防してるってのに！

「頭もいいしぃ、顔もいいしぃ、性格もいいしぃ、こんな優良物件そうそうないよね」

指を折るラダに、テーブルの下で蹴りを入れる。お前はどっちの味方なんだ、この野郎。俺を褒めるな、売り飛ばされるじゃないか。

「平民！　俺、平民ですから！　ほら、条件に見合ってないでしょ。恐れ多くて無理ですからっ。そんなに焦らなくても、いい縁談が来ますって」

「焦ってなんかないもんっ。ケインズの馬鹿ぁ」

「ケインズじゃねーよ」

「はっはっはっ、仲良さそうじゃないか」

やめてー！　トゥラン様、気に入らないで！

「いや、ほんとに勘弁してください。俺にも好みというものが」

「ちょっと、それどういう意味よ！」

椅子を鳴らしてリリアス嬢が立ち上がる。

「わたくしのどこが気に入りませんのっ」

「気に入らないのはそっちでしょうが。話をまぜっかえさないでください。チンチクリン呼ばわりしたの誰ですか」

「だって。ほら見なさいよ！　わたくしのが背が高いですもの」

横に並ばないでください。五歳女児とほとんど一緒とか、ホント傷つくからっ。あなたヒール履いてるからだよ、きっと。そうに違いない。くすん。

「だからお互い好みじゃなくて万々歳だって言ってんでしょうが」

「ば……ばん？　む、難しい言葉使ってごまかそうとしたって、そうはいかないんだからね！」

やめろ。俺はツン属性には萌えないぞ。

「お父様。わたくしコクシン様のほうが」

「あ、俺孤児院育ちの平民です。流石に女児とか無理です。お金もありません。無理です」

「無理って二回も言ったぁ～」

しかもコクシン、普段一人称「私」なのに、「俺」を使ったぞ。勘違いされそうな芽を摘んできた。さっきまで見せなかった笑顔で、「無理」とぶった切った。

「それに、俺はレイトのものなので」

「な、なんですってぇ～」

「余計な一言を付け足すな！」

コクシンの足を踏んづけておく。リリアス嬢が俺とコクシン見比べて困惑してるじゃないか。トゥラン様は楽しそうに俺達を見ている。まぁなんというか、あまり本気というわけでもなさそうだ。そりゃそうだな。どこぞの馬の骨扱いだろうし。

「あぁ、えぇと、トゥラン様。あのですね」

気配を消すように口を出さなかったルーサーさんが、決まり悪そうに切り出した。じろっと睨みつけると、トゥラン様に見えないところで「ごめん」とばかりに片手を胸の前で立てた。スコットさんにも目をやると、彼は小さく礼をした。

「そうそう。こちらに彼らを案内する前に、冒険者ギルドに寄ったのですが、少々気になる話を耳にしましてね。彼の持ってる魔法鞄なんですけど」

　なぜかそんな話をいきなり始める。

「呪われてるらしいですね。本当なんですか？」

　ぱちんとウィンクして見せるスコットさん。あー、これは助けてくれようとしてるんですかね。じゃあ乗っかりましょう。というか、どこからそんな話が漏れてるんだ。あんなその場しのぎの嘘が、さも本当のことかのようにささやかれてるとか。

「ああ、これですか。実はそうなんですよ」

　頷いた途端、少女がひゅっと息をのんだのが分かった。大人っぽく見せようとしても、所詮は五歳児。怖い話は苦手らしい。ついでにトゥラン様の顔も真っ青になった。あ、こっちもダメっぽい。

「いやぁ、冒険者には支障のない呪いなんでほったらかしにしてるんですけどね。俺達三人とも、もう呪われてるんですよ」

　僕も⁉　みたいな顔をラダがしてるけど、後だ後。

「どんな呪いかって？　あ～聞かないほうがいいですよ。内容は言えないんですけど、呪いがお友達を求めるらしくて、興味を持った方が同じように呪われていくっていう」

　がたんとトゥラン様が椅子を鳴らして立ち上がった。

「いやいや、楽しい時間をありがとう。私達はこの辺で失礼するとしよう。みなさんで食事を楽しんでくれたまえ」

そう言って、娘の手を取り慌ただしく部屋出ていく。

「ええっ、お父様！　金色の方だけでもっ。ケインズに見せつけてやるんだからぁ！　恋人が無理ならお付きでも……いやよぉ！　あの人が欲しいのぉ～」

「プリプリーズの新作を買ってやるから！　帰るよ、リリアス！」

「え、やったぁ。赤い宝石がついたものがいいわっ」

そんなリリアス嬢と父親の会話が、あっという間に遠ざかっていった。

「……プリプリーズ？」

ラダが首を傾げる。

「あ、プリプリーズはこの街きってのアクセサリーショップです。かわいらしい花柄のデザインが、若い女性に人気だそうですよ」

真面目にスコットさんが答えるのが、妙にシュールだ。

どっと疲れた。

部屋に静寂が訪れる。

「ルーサーさん？」

たっぷり間をあけたが誰もしゃべらないので、俺が切り出す。

「すまん！」

がばっと頭を下げるルーサーさん。

「ちょっと君のことを褒めただけなんだ。ここまで興味を持たれるとは思ってなくてな？　それにほら、あれだ。彼ぐらいの人なら、実は君の正体を知ってるんじゃないかとか思ってな？」

「視察にともなう歓迎の席で、酔っぱらって『彼は王族に違いない』とかのたまってらしたので、すべてうちのルーサーのせいです。思う存分懲《こ》らしめてけっこうですよ」

「スコット！」

イケヒゲ騎士さん、紳士でいい人だと思っていたのに。

「正体もなにも、正真正銘貧乏農家の出ですから。逆になんでそこまで怪しまれるのか不思議なんですけど」

「そりゃあ、話し方とか人との接し方とか、な。少なくとも人を使う側の身分だったんだろうと思ったんだが」

なんだそれ。俺そんな素振りしてたかな？

「逆ですよ。古い長兄制度がはびこる町で育ったので、親兄弟からは奴隷のように扱われてました。話し方はあれですよ、教会の司祭の影響でしょう。文字とか習いに通ってましたし」

「ええ？　本当か？」

おかしいな。なんで信じてくれないんだろう。俺のどこに高貴要素が……。

「じゃあ、彼は？」

ルーサーさんがコクシンを見やる。

「孤児院育ちの平民です。まぎれもなく」

コクシンの言葉に、ルーサーさんとスコットさんは、目をぱちくりとさせた。あえて衛兵だったことは言わないみたいだ。

「えぇ、うーん。護衛かと思ったのに。これでも人を見る目はあると思っていたんだが、自信なくすな……」

本気で不思議そうに首を傾げるルーサーさんに、ため息をつく。

「本当にもう、迷惑なんで変な勘繰りやめてくださいよ」

「ああ、そうだな、すまなかった。手を煩わせたうえに、迷惑までかけるとは、騎士の風上にもおけんな。この通りだ」

再び頭を下げられる。

「はいはい。ではこれで終わりということで。せっかくですし、食事をいただきましょうよ。あちら持ちですから、気兼ねなくどうぞ」

スコットさんがパンパンと手を叩くと、控えていたのか店の従業員らしき人達がゾロゾロと部屋に入ってきた。テレビで見たことあるような、宮廷料理っぽいのがテーブルいっぱいに並べられていく。照りの出た鳥の丸焼き、緑のソースがかけられた蒸し魚、きれいにカットされた果物から、焼き菓子まであった。全部一斉に出てくるんだな。

「わぁ～」

ラダは目を輝かせているが、俺とコクシンはぐったりである。まぁ食べましたけどね。またとない機会だもの。味は流石高級レストランって感じだった。お詫びにルーサーさんが払うからなんでも頼めと言われたので、お土産にお菓子の詰め合わせを山ほど注文しといた。

「ああ、そうだ。呪いを解きたいなら、人を紹介しようか？　職業柄いろんな人を知ってるんだ。もちろんその代金も払おう」

お酒で失敗したのに、ルーサーさんはパカパカ高いワインをあけていた。

「呪い自体嘘だから問題ないですよ」

俺はシャーベットみたいなのを食べている。こういう高いところだと、各種魔法を使える人を雇っているらしい。甘酸っぱくて冷たいデザートに気分がほぐれる。

「嘘なんですか？」

聞いてきたのはスコットさんだ。同じ席について、好物なのかせっせとベリーを口に運んでいる。指先が紫だ。その向かいでラダが骨付きの肉と格闘している。

果物をつまんでいたコクシンが、乗合馬車での出来事を話してくれた。二人して「大変だったんだな」と肩を叩いてくる。「今日に比べたら全然ましですよ」と笑ったら、「それな」と落ち込んだ。まぁ悪意があったわけでもないし、もういいんだけどさ。

そういえば、トゥラン様は呪いに何か縁でもあるんだろうか。子供のようにただ恐れているって感じじゃなかったような気がするんだけど。

「ああ、あの人はですね」

答えてくれたのはスコットさんだった。

「奥さんに呪い付きのアクセサリーをもらって、ひどい目にあったことがあるんですよ」

「え、なにそれ。聞いていい話？」

「それなりに広がってる話ですから、大丈夫でしょう」

ふふ、と、メガネを押し上げながら笑うスコットさん。

「夫婦仲が悪いんですか？」

ラダの問いに、「いいえ」と首を振った。うん。リリアス嬢はそんな素振り見せなかったもんな。

「まぁすごくいいというわけでもありませんけど。浮気がバレちゃって、呪い付きの、死にはしないけど面倒そうなやつを贈られたそうで」

「わぁ。浮気ぐらいでって思っちゃうんだけど」

「奥様のほうがぞっこんらしくてね、お屋敷でも自分より若い女性は雇わないらしいですよ。その界隈では有名な話です」

どの界隈だ。スコットさんてば、お貴族様なの？

「男としちゃあ、あれは気の毒だったなぁ。え？　どんな呪いだったかって？　いやいや、お前にはまだ早いよ」

ナッツを摘まみながら、ルーサーさんがはぐらかした。なぁに？　下ネタなの？　別に聞きたくないからスルーするけども。あと、子ども扱いしないでほしい。

ちなみに盗賊騒ぎの顛末《てんまつ》は、あえて聞かなかった。ルーサーさんも「まぁそのほうがいいだろう」と笑っていた。クァトの騎士達は、報酬についてまだ依頼主ともめているらしい。彼らが駐屯している宿舎には近づかないようにしよう。早く帰ってくれないかな。

腹いっぱい食べ、ルーサーさん達と別れた。お土産のお菓子の詰め合わせを魔法鞄に詰め込み、借り家へと歩いて戻る。正直疲れた。視察はあと数日で終わり、トゥラン様達は隣街に帰るそうだから、もう巻き込まれることもないだろう。

「ちょっと残念だったなぁとか思ったりしない？」

歩きながら、ラダが振り返った。

「思わないよ。俺は好きな時に好きなことをしたいの。権力なんかいらないよ」

「そっかぁ。コクシンは？」

「興味ないな。私の行く先にはレイトがいる。レイトが貴族になるならば、私も考えよう」

「ふぇぇ」

真面目に何言ってんだ。

「レイトが私の指針なのだ」

「ははは。まぁ分かる気もする。レイトに付いていけば大丈夫って感じだよね？」

こくりとコクシンが頷く。

「二人してやめてくれる？　俺はそんな偉い人間じゃないよ。とくにコクシン。発言内容おかしいから！」

指針とか言ってるけど、自分で考えることを放棄してるだけでしょうが。どこへ行くか何をするか、丸投げしてるだけだよ。

面倒ごとは避けたいし、逃げたい。ぶっちゃけ、これ以上あの人達が絡んでくるなら、さっさとこの街を立ち去る。指針も何も好きに生きているだけだ。それがたまたま、二人と同じ方向ってことなだけだよ。

「そういえば、五歳の女の子よりちっちゃかったね、レイト」

余計なことを思い出すんじゃない。

俺には成長期が来るんだよ。そのうちに。

たぶん、きっと……。

ラダは頑張る

Reito no yuru-i Tensei seikatsu

　突然に嵐に巻き込まれたかのようだった。それまでの自分は、周りに言われるがままだった。家を出て薬店に弟子入したときも、生まれた街を離れたときも、店を継ぐことになったときも。自分で考えるより、そのほうが楽だったから。

　だから、突然現れた二人に新しい道を示されて戸惑った。厳しいがその通りだ。これは嫌だあれはやりたくないでは生きていけない。考えないようにしていただけだ。そのうちなんとかなるって。自分で歩けと言われ、今まで自分が恵まれていたのだと分かった。

◆◆◆

「えーと、五本ですね。初級回復薬三本、魔力回復薬、解毒剤が一本ずつで……」

　指を折々。

「銀貨が九えと……」

「銀貨十枚と大銅貨九枚になります。よろしいですか?」

　横からため息とともに、合計が告げられた。買おうとしていたおばあちゃんのお客さんが僕を見、そしてレイトを見てにこっとした。レイトの方にお金を差し出す。

「はい。ちょうどですね。ありがとうございました」

お金を受け取り、商品を渡しペコリと頭を下げるレイト。

「ラダ」

「だって計算苦手なんだよぉ」

「まだ何も言ってないけど。数こなせばそのうちできるから、はい、声掛ける」

「うぅ。薬いかがですかぁ?」

なぜか僕はレイトの補助付きで市で薬を売っていた。僕の作った薬を売ってお金を稼ごうとは聞いてたけど、僕自身が売らなきゃいけないとか聞いてない。

ちらりと横を見る。レイトはつまらなそうに、膝の上に肘を突いてぼーっと座っている。いつものマントフル装備ではなく、腰にナイフを差しているだけの軽装だ。

不思議な子だと思う。七歳で冒険者になるために故郷を出てきたところだという。なのに僕より全然大人っぽい。そのわりに大雑把で、人の目を気にしない。今だって大あくびをして、周囲の人に微笑ましげに見られているのに、気づいていない。ぐしぐしと目をこすり、

「ほら、声止まってるよ」

僕にはなぜか厳しい。

不思議といえば、レイトのスキルだ。あれだけ計算が速いのに、それっぽいスキルを持っていないという。

調剤だってそうだ。おばあちゃんに習ったらしく、簡単なものなら作れる。でもスキルはない

という。

詳しくはないけど、コクシンによればスキルは修練や繰り返し、素質があれば追加されるのだという。計算も調剤も、ついでに料理も数え切れないぐらいやってるだろうに。何が足りないんだろう。

レイトはそのへんのスキルはどうでもいいみたいだ。それよりも聞いたこともない、結界だの時間停止だの、そういうのを獲得しようと試行錯誤している。見習いたいけど、僕は何を目指したらいいのだろう。

「こんにちは。いかがですか？」

レイトの声に我に返る。冒険者らしいお姉さんがしゃがみ込んでいた。

「初級回復薬何本まで？」

え、何本ってどういう意味？　レイトを見る。

「制限はありません」

あ、そういう話。

「じゃあ、ここにあるだけ」

「ふぇぇ」

まずは計算か。たぶんそのうちレイトは付いてきてくれなくなる。計算ぐらいはできるようにならないと……。

「ねぇ。これおまけしてくれない？」

それは金貨一枚するやつ。おまけにって、どうしたら……あ、レイト笑ってるー。

「おねえさん、俺達ままごとしてるわけじゃないんだよね。からかってるならどっか行ってくれなぁい？」

コクシン曰く黒い笑顔が炸裂している。レイトって物怖じしないよね。この間の騎士達にしたってそうだ。

ほへーと見ているうちに、お姉さんは舌打ちをして行ってしまった。

「ああいうのの対処も覚えないとね」

「対処……」

商売って、ただ物を売るだけじゃなかったんだなぁ。小さい頃の僕は父と同じ職業を夢見ていたけど。

「白目むいてないで、慣れだ慣れ」

厳しい。

くすりとレイトが笑った。

「まぁ本当に嫌ならさ、薬を作るだけの人生でもいいとは思うよ。無理強いはしない」

今日僕引きずられてきたと思うんだけど。

「使う人の顔が見えるってのは、作りがいがあるだろう？」

「作りがい」

僕はなんのために作ってるんだろう。スキルがあるから。お金のため。誰かのために？

「まだ初級回復薬あるかい？」

声を掛けてきたのは、最初に買ってくれたおばちゃんだった。

「さっき飲んだら、苦味が少ないしよく効いてる気がしてね。もう少し欲しいんだけど」

「あ、は、はい！　大丈夫あります。何本ですか？」

ニコニコとおばちゃんは十二本一気に買ってくれた。また計算が追いつかなくてレイトを頼ってしまったけど。

「ああいうの、嬉しいでしょ」

レイトの言葉に頷く。

レイトに言われて、ここに置いてあるのは手を抜いて作ったものだ。それぞれ効能ごとに込める魔力は違う。けれどここのはあえてただの魔力を込めている。それが一般的なんじゃないかと言われた。じゃあ師匠はどうしてあのやり方を僕に教えたんだろう。ちゃんとした魔力を込めて作ったら、あのおばちゃんはなんと言うだろうか。喜んでくれるだろうか、それとも前のときと同じように薄めたと訝しがるのだろうか。

小さな歌声。レイトは機嫌がいいのかフンフンとなにか口ずさんでいた。レイトはいつも楽しそうだ。コクシンも呆れながらも楽しそうだ。僕はどうだろうか。

巻き込まれたんじゃない。きっと自分から飛び込んだんだ。


「ほら、昼ご飯」

コクシンが荷物を持ってやってきた。今日は半日彼だけ別行動だった。レイト曰くキラキラ王子。意外と面倒見が良くて、寂しんぼ。とかいうとコクシンにアイアンクローを喰らう。レイトにはしないのに。

「まだ売り切ってないのか」

そして厳しい。

「んっふっふっ。まぁまぁ頑張ってるって」

早速ぱくつきながら、レイトが笑う。手元のサンドイッチは、朝レイトが作っていたやつだ。わざわざコクシンに預けてから、市へとやってきた。どこにも行かず留守番してるだけだろうというレイトの予測通り、コクシンは家で剣の鍛錬をしていたらしい。昼にはまだ少し早い時間に来るあたり、一人で寂しかったんだろう。

「なんだその顔は」

コクシンが眉を寄せる。僕は慌てて首を振って笑いをこらえた。またアイアンクローを食らってしまう。

「一ついかがですか？」

「よし、買おう。って、なんで買わないといけないんだ」

「十本でも全部でもいいよ！　そしたら帰れる！」

「あほう」

コクシンに頭を叩かれた。こういうときはノリが良い。レイトはケラケラ笑っている。楽しい

な。もっとこの時間が続けばいい。足手まといにならないように、置いていかれないように、僕がいてよかったと思ってもらえるように。

ひとまず目の前のことを頑張ろう。

本書に対するご意見、ご感想をお寄せください。

あて先

〒162-8540 東京都新宿区東五軒町3-28
双葉社　モンスター文庫編集部
「アケチカ先生」係／「ox先生」係
もしくは monster@futabasha.co.jp まで

Mノベルス

レイトのゆるーい転生生活《てんせいせいかつ》

2024年6月2日　第1刷発行

著　者　アケチカ

発行者　島野浩二

発行所　株式会社双葉社
〒162-8540　東京都新宿区東五軒町3番28号
［電話］03-5261-4818（営業）　03-5261-4851（編集）
http://www.futabasha.co.jp/（双葉社の書籍・コミック・ムックが買えます）

印刷・製本所　三晃印刷株式会社

［電話］03-5261-4822（製作部）
ISBN 978-4-575-24731-2 C0093